柳家花緑の
同時代ラクゴ集
ちょいと社会派

藤井青銅 著
柳家花緑 脚色・実演

竹書房

目次

まえがき

柳家花緑師匠とはじめて仕事をしたのは、ＮＨＫテレビ「にほんごであそぼ」だ。ごくごく短いショート落語を二十本ばかり書いた。ぼくは落語専業作家ではない。小説やドラマの脚本、放送作家が本業だ。ただ昔から落語好きだったので、番組が声をかけてくれたのだろう。

番組企画が終わって数年後、花緑さんから、

「青銅さん、独演会用に落語を書いてくれませんか？」

という話が来た時は嬉しかった。

その打ち合わせの席で、

「どんな噺を書きましょう？　古典落語っぽいのにします？」

「いえ。現代の新作を」

正統派古典落語のイメージが強かった花緑さんの言葉に、ぼくは正直、驚いた。聞けば、これまでにいくつか新作を演じているという。しかも、洋服で椅子に座って演っているというから、さらに驚いた。今回も、洋服で演じたいという。

「落語って、元々、世の中の出来事や話題を面白おかしく語ったんですよね」

と花緑さんは言う。

「江戸時代に、『え〜、今日はお古い安土桃山時代の噺を…』とはやってない。落語が誕生した時って、演者もお客さんも共通の環境にいるんです」

そうなのだ。「噺家は浮世のアラで飯を食い」という言葉もある。現在、古典落語として残っている数々の噺に出てくる長屋も、番頭さんも、吉原通いも、富くじも、侍も、お白州も…その当時は、落語家とお客さんにとって共通の環境であり、共通の話題だったのだ。ところが、現在はそれがわからなくなっている。

時代が下って、いま落語は、伝統芸能だ、古典芸能だ、江戸情緒だ、粋だ、日本の話芸だ…と、どんどん高みに祀り上げられ、ありがたく「観賞」するものになっているのだ。そういうのも落語の魅力の一つだが、それがすべてではない。

だからぼくは、

「いま世の中で起こっていること、お客さんと共通の話題を落語にしましょう」

と提案した。あらたな「浮世のアラ」だ。

江戸時代は——、落語家もお客さんも着物を着て座布団に座って暮らしている。そして、身近な長屋や吉原でおきた出来事を語る。

これが現代だと——、落語家もお客さんも洋服を着て椅子に座って暮らしている。そして、身近なアパートや渋谷でおきた出来事を語る…ということになる。

落語とは、演者とお客さんがすべて同時代の演芸だったのだ。その原点に返るというだけのことだ。

「いいですね。何かいい呼び名はないですかね？」

と花緑さん。

「う〜ん…。内容から言えば、同時代落語なんですけどね」

ここから「同時代落語」という名前が生まれた。ただし、自分で言い出しながら、少々カタい言葉なので、

「とりあえず、同時代落語（仮）、でいきましょうか」

ということになった。結果的に（仮）が取れるだけになったのは、まあ、よくあるパターンだが…。

「けっして奇をてらったことをやっているわけじゃない。落語という芸がいま生まれたとしたら、きっとこんな風になる。原点回帰です」

と花緑さんは言った。

＊

この時をきっかけに、柳家花緑師匠に何本も落語を提供した。この本に収められているのは、その落語脚本だ。ぼくはドラマや芝居の脚本のつもりで書いている。

脚本というものは、演出家と役者さんによって、出来上がるものが違ってくる。落語の場合、演出家と役者は落語家自身だ。だから、脚本のどこをどう膨らませ、登場人物をどんなキャラクターで演じるかは、花緑さんに任せている。

ぼくはいつも花緑さんに、

「自由に膨らませたり、カットしていいですよ。なんなら、オチを変えたっていい」

と脚本を渡している。

ここにあるのは演じたものの書き起こしではなく、元の脚本だ。だから、音声で聞ける噺はぜひ聞いてみて、「おお、ここをこんな風に膨らませているのか！」「ここを変えているな」などと、脚本と比べながら聞くのも、楽しいと思う。

落語に興味はあるが、なんとなく敷居が高い。吉原の大門とか、薮入りとか、へっついとか、よくわかんない。落語って、お爺さんの娯楽でしょ？　……などと思っている方にこそ、読んでもらいたい。聞いてもらいたい。

藤井青銅

この本の落語脚本の読み方

（まくら）

噺の本筋に入る前の導入部。ここはセリフを限定せず、だいたいこんな内容のことを語ってくださいという意味で、

○落語は、なにもない所を想像して楽しむ芸です。……

○これからやるのは、ふだんから日経新聞とか読んでいる……

などと、項目だけを書いている。あえて喋り言葉にせず、演者の自由度を増すための書き方。

（本篇）

いちいち「セリフ」の上に人物名があると読んでいて煩わしいので、あきらかに分かる所は人物名を省いている。ただし、途中わかりにくい所は、上に人物名の略称を補っている。

声の出ていない「間」も重要。脚本では、短い間は「…」、長い間は「……」などと表記している。

また、仕草は「（お腹おさえ）いたたたた…」などと書かれているが、これ以外にどんな動きを加えるかも、演者にまかされている。

『大女優』

（初演２０１１年12月30日「笑ってサヨナラ２０１１」ニッポン放送）


「先生、あのう……、ウチの子の身長のことなんですけれども……」

「お母さん、親というものはつい、わが子をまわりと比べ、同い年のあの子より小さい……とか心配になるものですが、ま、たいてい気にするほどのことはないんです。で、お子さんはおいくつ？」

「小学校一年生です」

「身長は？」

「１メートル10センチほど」

「１１０センチね。……女の子？　ああ、心配ありません。すぐに大きくなりますよ」

「いえ、大きくなっては困るんです」

「は？」

「先生、お願いします！　ウチの子の身長をここで止めてください～～～（平伏する）！」

「いやいや……お母さん、ちょっと手を上げて。ね？　……おかしいですよ、あなた。ウチはたしかに、『体型の悩み・なんでも相談ください』と看板を掲げてる研究所ですが、ウチに来るのは、背を高くしたいとか、胸を大きくしたいという方ばっかりです。あなたみたいに、子供を小さいままにという方は初めてです」

「いえ、先生、理由があるんです」

「まぁ、あるでしょうな。聞きましょう」

「実はウチの子、子役をやってまして。親が言うのもなんですが、人気者で。今年も『マルマルモリモリ』なんてヒット曲（注・この年のヒットドラマ主題歌）……」

「えっ!? 愛菜《まな》ちゃん!?」

「しーっ！　声が大きい。いま控室で遊ばせています」

「あ、そうですか。……我が家はもう一家でファンなんですよ。可愛いですよねぇ〜」

「ありがとうございます。でも、さきほど先生がおっしゃったように、子供は成長します。大きくなっても、こんなに人気者でいられるかどうか……」

「ま、確かにそうですが」

「そこで、噂を聞きつけたんです。なんでも先生の所は、身長を固定する機械を発明したとか？」

「あ、あの噂を聞いたんですか……」

「お願いします！　その機械で、ウチの子を小さくて可愛いままにして下さい！」

「いえ、あれはまだ実験段階なんですが」

「完成を待ってる間に、育っちゃうんです！」

「たしかに……。わかりました。私も、愛菜ちゃんのファンです。やってみましょう」

って、ひどい話もあるもので。本人ぬきに相談がまとまり、奥の部屋へ。

「お母さん、ご覧ください。これがその新発明です」

「はあ～、なんかレントゲンの機械みたいですね」

「これぞ、名付けて、（ドラえもんみたいに）『身長固定マシーン！』」

「先生、なんか、どっかで聞いたような……」

「んなこたあない。気にしない、気にしない」

と、その機械に、連れてきた愛菜ちゃんを立たせる。

「お母さんご覧ください。このダイヤルの数字に、身長が固定されます。普通は１７０とか、１８０を希望するんですが、今回は１１０にしましょう」

「まあ、素晴らしい！　これでウチの子は小さくて可愛いままなんですね。なんて素敵な発明なのかしら！　鈴木さんの奥さんにも教えてあげなくっちゃ。『奥様も、ぜひ試してみれば？』（とケータイをいじり）……送信と」

なんてメールを送ったりしている。

「では、いいですか。ダイヤルをキリキリ……と１１０に合わせ。レーザー光線発射！」

ビビビビビ……と光線が発射される。それを浴びた愛菜ちゃんを見てると……

「あ……、あ……、ああ〜〜……（グン、グン、グングン……としだいに見上げて）」

「先生、どうなっちゃんですか!? ウチの子が、ウチの子が巨大に！」

「おかしいな。なんでこんな風に？ あ！ いかん、数字はたしかに110だが、単位がメートルになってる！」

というわけで、身長110メートルの巨大な愛菜ちゃんが出現してしまった。

＊

かわいそうなのは当の愛菜ちゃん。理由もわからず大きくなってしまったので、

「え〜ん、え〜ん、お母さん、どこ〜〜?」

と、都内を歩きまわる。本人は普通に歩いてるんですが、なにせ身長110メートルですから、ドスンドスンと地響きが凄い。

もう、ラジオもテレビも大騒ぎ。

「臨時ニュースです！ ただいま、東京に巨大な愛菜ちゃんが出現しました！」

朝霞《あさか》駐屯地からは自衛隊がかけつけ、

「こちら陸上自衛隊・戦車隊。ただいまより、麻酔薬を入れた特殊砲弾を発射します。全隊、発射用意！ （狙って）……う、う……撃てない。あんな可愛い愛菜ちゃんを撃つなんて、できない〜！」

その巨大な愛菜ちゃんの頭のあたりをブンブン飛んでいるのは、ハエではなく、

「こちら航空自衛隊・F15戦闘機。ただいまより、麻酔薬を装填した特殊ミサイルを発射します。発射準備！　（狙って）……う、う、うてない～～。愛菜ちゃん、可愛いすぎて撃てない！」

愛菜ちゃんスマイルに、自衛隊はメロメロ。そんなこととは関係なく、愛菜ちゃんはさらにドスンドスンと、あちこち歩きまわる。

「お母さあ～ん、どこなの～？」

もちろん、よくできた子ですから、歩きまわるといってもビルを壊したりはせず、幹線道路の上を通る。それでも、路上駐車していた車を、うっかり踏みつぶすこともあるわけで……。その路上では、

「うわぁ～、俺の車がペシャンコ。まだローンが残ってんだ！　なんてことしてくれるんだあ！」

と見上げると、巨大な愛菜ちゃんが、申し訳なさそ～な顔をしてるんで、

「でも許しちゃう♥　可愛い愛菜ちゃんに、怒る気なんかしないもん！　もっと踏んで」

一方、ヲタクたちはカメラのシャッターを、切りまくり。カシャカシャ……。

「うわあ、こんな巨大なパンチラ写真が撮れるなんて！」

もう、ロリコンなのか、セクシーなのか、怖いのか、なんだかわからない。

＊

「隊長、先回りして、愛菜ちゃんを生け捕りにしましょう！」

「先回りと言っても、相手は子供だ。デッカクても子供だ。どこに行くかわかってるのか？」

「決まってるじゃないですか。東京に現れた巨大生物は東京タワーに行くんです」

「なるほど」

と愛菜ちゃんを怪獣扱い。みんなで東京タワーに先回りして待つけれど、いっこうにやってこない。おかしいなあ、と思っているところへ連絡が入る。

「ただいま、愛菜ちゃんは東京スカイツリー方面へ進行中！」

「しまったぁ。もはや名所はあっちなんだ！」

あわてて、全員で墨田区へ向かう。やがて前方に愛菜ちゃんの背中を捕らえる。

「よおし、もうすぐ追いつくぞ……あれ？　おかしいな。近づいているはずなのに、だんだん遠ざかっているように見える。どういうことだ？　……いや、遠ざかってるんじゃない。だんだん小さくなってるんだ！」

なにしろ実験段階の機械ですから、効果が長引かない。やがて愛菜ちゃんは、すすすすっ……と小さくなって、元の身長110センチの女の子に戻ってしまった。

駆けつけた自衛隊員は、

「隊長、見てください。くたびれたのか、丸くなってすやすや眠ってる」

「可愛いなぁ、愛菜ちゃん」

「まあ、騒動はあったけど、無事でよかった。これにて一件落着だな」

「はい」

と、そこへ再び連絡が入った。

「臨時ニュースです！　ただいま、巨大な鈴木福くんが出現しました！」

◎解説対談一　花緑×青銅

青銅「ニッポン放送の年末の番組で、その年に起きたことを短い落語にして振り返ろうという企画がありまして、これは二〇一一年に演《や》った第1回目ですね。毎年その年にあったことを四つ選んで、五、六分の落語にしました。この年に演った演目が、『伊達ラン』、……全然憶えていませんね（笑）。これは、伊達直人って人がランドセルを寄付したっていう事件から書きました。それから、今回収めている『大女優』、そして『キャラ捨て山』というのは、地デジになるときのキャラの地デジカが、今後どうなるンだろう？という噺。もう一つ『謝罪指南』というのは、古典落語の『あくび指南』のパターンで謝罪会見を教える噺。この年だけじゃなくて、このあとも毎年謝罪会見がいろんなところでありますね。で、『大女優』は演じてみて、どうでした？」

花緑「これ、面白かったですねえ。ラジオで演じたものは、憶えてないものが多いのですが、憶えている幾つかの一つがこれです。まあ、芦田愛菜ちゃんですね」

青銅「このときは鈴木福くんがねえ、二代子役スターという時代だったんで、こんな感じで演ってみた訳です……」（笑）

花緑「こういうのは、ブラックユーモア的な感じなンですかね？」

青銅「実は、この機械が秘密に開発されていて……」

花緑「でも、当然に大きくなってもらわなきゃ困ります」

青銅「そりゃそうですけど……、でもこれは愛菜ちゃんとか福くんのことだけじゃなくて、子役さん全体ですよね。子役さんの親御さん、何となく思ってるンだろうなぁみたいな（笑）」

花緑「ぼくもそういう意味では、九歳で入門なので、子役に近いンですけど、まあ、お蔭様で売れなかったンで（笑）、注目をされなかったおかげで、すくすくと育ちました（笑）」

青銅「子役から大人の役者になるのを、皆さん苦労するっていうけど、ちょうどそんな感じですね」

花緑「歌舞伎の人なんか言いますよ。声変わりがあると、凄く悩むって。声が出なくなるンですよね。ぼくの場合は、子供の頃から濁声だったンで（笑）」

青銅「それまたウケますね？」

花緑「ウケましたねぇ。で、祖父の真似してたから、もう、十八歳ぐらいには立派な六十歳を過ぎた小さんを真似した男だったので（笑）、その頃のＶＴＲが出てきて、もの凄く気持ち悪かったです。これは期待されたなぁ～っと思って、……。世間が騒ぐ理由がよく分かりました」

青銅「物真似になっちゃってるンですよね？」

花緑「それが今となっては、基礎になってる。あのままだったら、非常に怖ろしい……、青銅さんとの出会いは無かった（笑）。青銅さんが一番否定したい落語家（笑）になっていたかも」

青銅「否定はしないけど、好きじゃないかも」

花緑「ですから、ちょっとこの『大女優』は、ちょっと。自分の子供のときを思い出す作品でした」

『としては』

（初演２０１１年４月23日「世界は落語だ」草月ホール）

【おもな登場人物】

◎東京タワー……五十年間、日本一の高さを誇ってきたタワー。長年、日本中からチヤホヤされてきた。港区生まれで、ちょっとプライド高い。
◎東京スカイツリー……あらたに日本一（世界一）になったタワー。若造。下町・墨田区生まれ。
◎東京都庁／西新宿のビル群たち……二つのタワーのいざこざを心配する高層ビルたち。
◎ドバイ・タワー／上海オリエンタルタワー／ノースダコタ・ＴＶ塔／エンパイアステートビル／エッフェル塔〜など……「世界大タワー連盟（実在）」の仲間たち。

「おーい、そこの小さいのー。チビー！」

「（キョロキョロする）」

「あんたのことだよ、聞こえねえのかよォ！」

「（キョロキョロしながら）あれ？　おかしいな、誰か呼んでるような……でも、俺のことじゃなさそうだけど……」

「あんたのことだって。そこの小さいオッサン！　チビ」

「な、なに！　どこの誰だか知らねえけど、俺をつかまえて『チビ』とはなんだ、チビとは。こちとら、芝の生まれの江戸っ子だ。生まれてこのかた五十年以上、今まで人にデッカイと言われたことはあっても、チビだなんて言われたことはないんだ。失礼な口をきくのは、どこのどいつだ！　この俺を、東京タワーだと知って口をきいてるのか？」

「もちろん知ってるよ、チビすけ」

「なにぃ、チビすけ!?（キョロキョロした視線を、一点に定め、ゆっくりと上にあげ）……東京スカイツリー！」

「よっ、オレだよ、オレ！」

「…あ、ああ……」

「ココにいるんだよ。見えなかった？」

「……ちょ、ちょっとな」

「しかし、いつも元気がいいっスねえ。東京タワー・センパイは」

「ま、まあな。……（ちょっと立ち直り）新入り。お前も、元気そうじゃないか」

「うっす。元気っス。でも…、なんつーのか、ちょっと……立ちくらみが」

「立ちくらみ？　若いのに？」

「これ、立ちくらみって言うンスかね、なんか、こう、時々目の前がぼうっとかすんで……あ、ああ、いや違うワ。こりゃ、立ちくらみじゃない。雲だ。（両手で目の前の雲を払って）……こう高いと、上の方は雲がかかって、かすむんだね。いやァ、あんまり高いってのも困りもんだ。その点、東京タワー・センパイはいいですねえ…、低くて」

「……（ムッ）……こ、こっちだってなあ、雨の日にゃ雲がかかって、まわりがかすむさ」

「ああ、そうか。雨雲は低いとこにかかりますもんねえ。低いとこに」

「（ムッ）」

「あと、この前、耳鳴りもしてね」

「お前、やっぱり年寄りみたいだな」

「それが、耳鳴りかと思ったら、雷の音だったんッスよ。こう高いと、雷もすぐそばで聞こえて、うるさくって。ホント、高いってのも困りもんだ。その点、東京タワー・センパイはいいですねえ…、低くて」

「（ムッ）」

「誰かが地べたに十円玉を落とした、『チャリン』なんて音も聞こえるでしょ？」

「聞こえねえよ！　……お前な、低い低いっていうけど、俺は３３３メートルもあんだぞ」

「へえ〜、３３３メートル」

「あ、お前、バカにしてるな？　３３３ってのは、ずいぶん高いんだぞ。ほら、この世界の大先輩がいるだろ。パリのエッフェル塔っていう」

「あ、名前だけは聞いたことがあるッス」

「世界的な名士なんだぞ。『ボンジュール、マダム！』なんて、いつも気どってるキザな奴だけど。俺はな、その世界的名士より、高いんだ」

「ああ、そうッスか、ふう〜ん。……オイラには、途中に展望台がありましてね」

「おう。タワーってのは展望台があるもんだよ」

「まだ一般公開はしてないけど、この前、マスコミに公開したんッスよ。そしたら、『あ、富士山が見える。あっちは伊豆か？　凄いなあ、高いなあ』ってみんな喜んでました」

「いいこっちゃねえか。そう言ってもらえるのが、俺たちタワーの喜びだよな」

「ちょうど、オイラのお腹のあたりでしてね（お腹に手をやる）」

「展望台ってのは、だいだいそのへんにあるもんだ」

「ここが、350メートル」

「ぐ……」

「で、東京タワー・センパイは何メートルでしたっけ？」

「………333」

「オイラは、ここが（お腹に手）、350。……で、この上に、特別展望台ってのがありましてね（胸に手）、これが450メートル」

「ぐ、ぐ、ぐ……」

「で、東京タワー・センパイは何メートルでしたっけ?」

「……だから、333だよ」

「ああ、そうでしたね。オイラの場合、てっぺんまでだと(頭に手)634メートルもあるんッスよ。で、東京タワー・センパイは何メートルでしたっけ?」

「333だっつってるだろーが!」

「ああ、そうでしたね。こっちは、♪ろぉ〜っぴゃく・さぁ〜んじゅう・よ〜ん……」

「妙な節をつけるなよ」

「なにしろセンパイを抜いて日本一、いや、今や世界一の高さですから。(手をかざして周囲を見回し)見晴らしいいなあ〜、富士山が見える、筑波山も見える。あっちには千葉の犬吠埼。あのへん、地震での液状化、大丈夫だったかなあ。その向こうの太平洋もずーっと先まで見える。お、あれはハワイかあ?」

「おい、いくらなんでもハワイは……」

「さァ、見えるのか見えないのか? 背の低い東京タワー・センパイには、絶対にわからないでしょうがね。ハッハハッハ……」

「ケッ……、上の方から笑い声を降り注ぎやがって。唾がかかるんだよ」

「おっと、すいません。低い下の方がよく見えなくて。なにしろオイラは、♪ろぉ〜っぴゃく・さぁ〜んじゅう・よ〜ん。世界一のタワーですから」

「わかった。世界一ってのはわかったよ。だけど、その634ってのはハンパな数字じゃねえか。こっちは333。ゾロ目で区切りがいい。な、パチンコだったらフィーバーしてるとこだ」

「パチンコは関係ないでしょ。やだな、知らないんですか、オイラは、『武蔵の国』という意味で634メートルになったんですよ。ほら、ム・サ・シ。この数字には意味があるんです」

「要するにダジャレだろ?」

「…いや、そう言われるとミもフタもないけど」

「武蔵の国だったら、ム・サ・シ・ク・ニ……で、6万3492メートルにしろよ!」

「なにムキになって怒ってるんですか」

「……まあ、いいよ。634と333とどっちが高いかっていうと、そりゃ634だ。そんなの子供だってわかる。お前の方が高いのは認めるよ。こうやって話してても、首が疲れてしょうがねえもの」

「わかってもらえればいいんですよ。なにしろ、♪ろぉ〜っぴゃく・さぁ〜んじゅう……」

「……わかった、わかったよ。世界一なんだろ?　だけどな、スカイツリー、よく聞け。東京の顔になるタワーは誰かっていうと、そりゃまた、高い低いとは別の問題だ」

「え?　どういうことです?」

「だから、歴史というか風格というか、そういうものが備わってこそ、東京の顔だ。俺はもう五十年以上、この場所に建って、みんなに親しまれてきたんだ。『三丁目の夕日』って映画、見たか？　あれだよ。堀北真希ちゃん、可愛かったな。小雪さん、松ケンと結婚だってな、おめでとう（注・この年、結婚）。しかし、意外だな。♪マツケンサンバ〜と」

「そのマツケンじゃねーよ！　松山ケンイチ」

「え？　違うの？」

「そこんとこが、五十すぎのオッサンなんだよ。なんだかんだ言っても、タワーってのは高さなんだよ、高さ」

「いやいや、高さでは負けても、やっぱり東京の顔といえば、この東京タワーだ」

「なに言ってんだ。新しい東京の顔はオイラ、東京スカイツリーだ！」

「東京タワー！」

「東京スカイツリー！」

「東京タワー！」

「東京スカイツリー！」

＊

……なんて、二つのタワーがわあわあと言いあっていると、そこへ割って入る者がいる。
都「まあ、二人とも、そう揉めなさんな」
タ「な、なんだ、誰だよ？……（キョロキョロして）……あ、あんたは……東京都庁？」

都「あ、どうも。私は高さ234メートルの、東京都庁です（なぜか、名刺を渡す）」
タ「（名刺を受け取り）あ、こりゃどうも。（読む）234メートル40センチ・設計・丹下健三……ですか。礼儀正しいんですね」
都「まあ、役所だからね。役人ってのは、そういう儀礼的なもんだ（目をパシパシ、しばたいてる）」
都「なんで、さっきから目をパチパチと？」
都「中にいる主のクセがうつるんだよ。以前はね、『そのうちなんとかなるだろ〜』なんて無責任だったけど、最近は、言葉遣いもけっこう乱暴になってきた。あと四年、このキャラだ」
都「ああ、そうですか。で、その都庁さんが何の用で？」
都「このへんの連中の意見を代表して、一言いいたいんだ」
タ「このへんの連中って？」
都「ほら、みんな、さっさとあいさつしなさい。……西新宿のビルたちだ」
「どうも」
「こんちは」
「やあ」
「ちわ」
「よお」……。

タ「ややあ、これはモード学園さんも、パークタワーさんも、三井ビルさんも……あ、そこにいるのは京王プラザホテルさん？　こうして見ると、あんたもカゲに隠れちゃってるねえ。かつては高くて目立ってたのに」

都「で、この連中と一緒にだな、さっきから聞いてたんだよ。あんたたちの『どっちが東京の顔か』っていう言い合いを」

タ「や、聞かれてましたか。お恥ずかしい」

都「しかし、タワーさん。あんな、まだ正式開業もしてない若造と真剣にケンカしてどうするんだ。おとなげないねえ。あんた、東京の高層建築じゃ一番の年長者だろ？　寄る年波で、こないだの大地震でてっぺんのアンテナが曲がったっていうじゃないか」

タ「（頭の上に手をやり）……た、たしかに、曲がったけど……もう大丈夫……」

都「そんないい年した大人が、空の上で小学生のケンカみたいなことをしてるのはみっともないよ。そう思ってるのは、私たち新宿の連中だけじゃない。な、池袋の伯父さん？」

「そうだとも」

タ「（横を見て）あ、サンシャイン60！」

都「六本木の甥っ子たちもそう思うだろ？」

「その通り！」

「カッコ悪いゾ！」

タ「(別の方を見て) 六本木ヒルズに、東京ミッドタウン!」
「チース!」
「ウイース!」
タ「チャラいなあ」
(遠くで)「おーい、オレもそう思うぞ!」
タ「ん? 誰か、遠くの方でなんか言ってる」
都「誰だ? ……ああ、横浜ランドマークタワーか? あんたは関係ないだろ。こりゃ東京の問題なんだ」
(遠くで)「すみませ〜ん」
タ「(キョロキョロして) なんかいろんな連中がいるんだな」
都「このみんなが、あんたたち、タワーとスカイツリーのケンカを聞いてるんだ。いや、私はね、なにも高いとこからモノを言うわけじゃないけど…」
タ「そりゃそうだ。俺たちから見りゃ、低い」
都「(プライドを傷つけられ、ムッとする) ……まあ、たしかに、地上の人間たちは、高層ビルだ摩天楼だって見上げてくれるが、私たちはしょせん200メートル少々のもの。あんたたち二人から見りゃ、低いだろう。しかし、低いほうがものごとがよく見えるってこともある」
タ「(スカイツリーに) ほうらな、聞いたかスカイツリー。さすが東京都庁さんだ。言うことが違うよ」
都「東京の顔というからには、それなりの風格というものが必要だ」
タ「(同じく) 聞いたか。へへーんだ!」
都「ただ、高けりゃいいってもんでもないだろう」
タ「(同じく) どーだよ。ふふーんだ!」
都「だから、私たちが思う東京の顔は……」
タ「(余裕たっぷり)……エヘへへ。都庁さん、どうぞ、さ、言ってください。ね。スパーンと。このさいハッキリと」
都「……東京スカイツリーだ」
タ「(同じく) ほうら、みろ。どーだ、『東京スカイツリーだ!』…て、お前だよ。(都庁に) ちょちょ、ちょっと待ってください。都庁さん、それ、間違えてない?」
都「いや。東京スカイツリーだ」
タ「だって、さっきまで風格が必要だって……」
都「ああ、必要だ。しかしそれは年月が経ってついてくるもの。たしかにスカイツリーはまだ若い。今はまだ、風格のふの字もない。だが、開業前からすでに浅草あたりの人出も増えているんだ。人気なんだ。開業したら、それなりの風格も出てくるだろう。な、東京スカイツリー」
ス「やったー! やっぱ、都庁のダンナは、話がわかるぜ。ちゃんとオイラのことを見てたんだな、目はパチパチしてても」

都「やっぱり、世界一高いものが東京の顔になるのが自然だ。これが、私たちみんなの意見だ。な?」

「そうだ」

「その通り!」

「俺もそう思う」

「私も」

「俺も」……。

ス「ほ~らな、タワーのオッサン。高層建築仲間がみんなそう言ってるんだから、やっぱり、東京の顔はオイラなんだよ」

タ「いや、ちょっと待って。仲間っていうけどな、よく考えてみりゃ、この連中は、みんなビルじゃないか。ビルとタワーは別物だ。タワーのことはタワーに聞かなきゃ」

(遠くで)「そうだ、そうだ!」

タ「ん? だから横浜は関係ないんだって! ……あんた、ランドマークタワーなんて名乗ってるけど、ビルじゃないか」

＊

それならば、世界の名だたるタワーたちに聞いてみよう……ということで、世界中のタワーたちが東京に集まって、世界タワー会議となった。

まずはフランスから、

「ボンジュール！」

とやってきたのがエッフェル塔。

タ「あ、どうも、エッフェル大先輩！　ほら、スカイツリー、お前もあいさつしろ」

「コマンタレブー！」

ス「ケッ。キザな爺さんだねえ」

タ「しっ。聞こえるよ」

ス「聞こえやしないよ。だって、もう百二十歳を越えてんだろ？　耳が遠いんだ」

お隣、中国・上海から、

「ニーハオ！」

とやってきたのが、468メートルの、上海オリエンタルタワー。

「コレからは、中国の時代アルよ」

「そうだそうだ！」

ともう一つやってきたのが、台湾から来た、509メートルの台北101というタワー。

「中国のタワーといえば、私だ」

「いや、私アルよ！」

「私だ！」

タ「私！」

タ「ったく、あそこは仲が悪いなあ」

そこへ、

ド「何を言ってるデースか、これからは中国じゃなく、アラブの時代デース」

とやってきたのが、中東ドバイの、

ド「ブルジェ・ハリファと言いマース。ドバイ・タワーとも呼ばれてマース」

タ「ひゃあ、あんた高いネエ」

ド「160階デース」

タ「オイルマネーは凄いねえ」

さらにカナダからは、553メートルのCNタワー。モスクワからは、540メートルのオスタンキノ・タワー。アメリカ・ノースダコタ州からは、629メートルのTV塔。もう一つ、アメリカ・ニューヨークからはエンパイアステートビル。これはビルという名前ながら、てっぺんにアンテナがあるからタワー扱い。443メートルもあって、東京タワーより高い。

いずれもその国を代表するタワーたちが、続々とやってきた。

タ「(見上げて)うわあ～、どのタワーもみんな、俺よりずいぶん高いんだなあ」

ス「でしょ？　だから もう東京タワー先輩程度の高さじゃ、世界と肩を並べられないんですよ。

やっぱり、これからの東京の顔は、オイラ、スカイツリーで決まりッスよ。ね、世界のタワーのみなさん？」

「そうかもな」

「そうだな」

「たしかに」

「そうアルね」……。

タ「ちょっと、みんな、そんな簡単に決めないでくれ！　あ、そうだ……、その街の顔となるタワーは、オシャレな場所にあるべきじゃないか？」

エ「ウイ。その通りですね」

タ「さすが、エッフェル大先輩。わかってる。俺の住所は港区だ。じゃあ、スカイツリー、お前は？」

ス「う。……墨田区だよ」

タ「俺のまわりにゃ、オシャレなイタメシ屋とかフレンチとか、いっぱいあるんだぞ。スカイツリー、お前は？」

ス「……あ、あるぜ。定食屋とか、煮込み屋とか」

タ「俺のまわりにゃ、こじゃれたケーキの店なんかもある。スイーツっていうんだ。マカロンとか、カヌレとか、生チョコとか…。スカイツリー、お前は？」

ス「……あ、あるぜ、スイーツだろ。ええと……お団子に、饅頭に、きんつばに……」
タ「へへへへ。決まったな。どうです、エッフェル大先輩？」
エ「ウイ。ニホンの和スイーツ、いま海外で大人気。きんつば、オシャレでーす。東京の顔はスカイツリーデース」
タ「いや、だから、ちょっと待ってくれって！　…あ、そうだ、怪獣だ、怪獣！」
ス「怪獣？」
タ「そうさ。怪獣ってのは、その街を代表するタワーを壊すもんだ。そこへいくと、俺なんか何回も怪獣に壊されてるんだぞ。ゴジラとかな」
ス「松井？」
タ「松井じゃないよ。いくらなんでもバット振ったくらいでタワーは壊れないだろ！　怪獣のゴジラ！　本家の方！　そのゴジラとか、ガメラとかに、俺は壊されてるんだ。モスラなんて、俺に繭かけたんだからな。やっぱり、東京の顔を名乗るんなら、怪獣に倒されなきゃ」
「オフコース！」
タ「だ、だれ？」
「タワーと怪獣はセットでーす。ワタシなんか、キングコングに上られてマース」
タ「あ、やっぱ、エンパイアの兄さんはわかってるねえ。どうだい、スカイツリー、お前はそういうの、ないだろ？」

ス「く、く、くやしい〜〜……オイラも、早く怪獣に壊されたい！」

……なんて、建ったばっかりのタワーにあるまじき発言をする。

＊

こうして、集まったタワーたちが「東京タワーだ」「スカイツリーだ」と言いあっていると、

タ「あれ？　あれれれ？」

ス「なんです。どうしたんスか、タワー・センパイ？」

タ「ちょっと、スカイツリーと、ドバイ・タワー、並んでみてくれ。……そう、そう。一緒に、そう。（じっくり見て）…あ、やっぱり」

ス「どうしたんス？」

タ「こうして並んでみると、あきらかにドバイタワーの方が高いじゃないか。あんた、何メートルあるんです？」

ド「ワタ－シは、828メートルデース」

タ「は、八百！　……じゃ、♪ ろぉ〜っぴゃく・さぁ〜んじゅう・よ〜ん、より、全然高い。おい、スカイツリー！　お前、さっきから世界一、世界一ってエラソーに威張ってたよな。おかしいじゃないか。この嘘つき野郎！」

ス「う……、う、嘘じゃないッスよ」

タ「嘘じゃないか。だって、ドバイさんの方か高いぞ」

ス「い、いや……だからね……、あんまり大きな声で言いたくはないんですが、ほら、オイラのここんとこ、見てください。説明の看板があるでしょ？」
タ「ん？　（下の方にある説明板を読む）なになに……、『自立式鉄塔としては世界一』。……『としては』？　これ、どういうことだ？　なんだよ、ジリツシキテットウって？」
ス「自分で立つから、自立式。自立、他立はどこでわかる。さあさ、お立会い。山寺の鐘はごうごうと鳴るといえども……（注・古典落語『蝦蟇《がま》の油』より）。周りをワイヤーで支えたりせず、自分の力だけで建っているから、自立式。コンクリートじゃなくて鉄でできてるから、鉄塔。これを称して自立式鉄塔だ、お立会い！」
タ「じゃあ、その自立式鉄塔『としては』世界一だけど、そうじゃなかったら？」
ス「建造物『としては』ドバイタワーが世界一。
　自立式鉄塔『としては』東京スカイツリーが世界一。
　自立式コンクリート塔『としては』カナダＣＮタワーが世界一。
　ワイヤーでささえる支線式鉄塔『としては』ノースダコタのＴＶ塔が世界一。
　焼却炉の煙突『としては』池袋の豊島清掃工場煙突が世界一」
タ「え？　池袋の埼京線の横にある煙突？　あれ、世界一だったの？」
ス「としては……ですけどね」
タ「なんだよ。じゃ、『としては』ってつけりゃ何だって世界一になれるんじゃないか」

ス「……てへ。ま、そういうことで」
タ「だったら俺だって、二十世紀の自立式鉄塔としては世界一だ！　蝋人形館があるタワーとしては世界一だ！　港区としては世界一だ！　赤白だんだら模様としては世界一だ！　……やっぱり東京の顔は俺だよ！　そうですよねえ、俺より高い世界のタワーのみなさん？　……ん？　どうしたんです？　（上の方をキョロキョロみながら）どうしてみんな、何も言ってくれないの？」
「いえ。私たちはここで、高見の見物をします」

◎解説対談二　花緑×青銅

青銅「これが多分はじめてじゃないですか？　花緑さんに長く書いた噺としては」
花緑「この噺の初演のときは、わたし、無理をしましたよね？」
青銅「そうです（笑）」
花緑「あのー、二日ぐらいの落語会で四席ネタ卸しみたいなことで、それを二、三日でおぼえる。特にこの『としては』は、固有名詞がいっぱい出てるし……」
青銅「ぼくも、書いたのははじめてだから、おぼえる苦労なんか、考えてないわけですよ（笑）。今も、あんまり考えてないですけど（爆笑）。聴く方の心理で、聴きたいことを書いちゃうからぁ、ナントカが何メートルとかいう数字を聴く方は面白いと思って、書いちゃって、今となっては悪いことしたなぁ（笑）。で、これ（脚本）もらったときどうでした？」
花緑「読んで面白いと思いましたが、喋るのに大変というのは、おぼえだしてからじゃないと、ぼくも分かんない」
青銅「ああー、なるほどね」
花緑「そうです、これが如何に大変かって、おぼえだして、なかなかおぼえられないということです（笑）。このときは、ただ普通に『おぼえよう』って」
青銅「読んで面白いから、イケるだろうと？」
花緑「そんな感じですよね。この擬人化された世界はね」
青銅「これ、評判よかったですよね？」

花緑「非常によかったです。噺の中にスカイツリーが出てきますけど、スカイツリーが出来る前の初演でした」
青銅「このときは、石原都知事だった」
花緑「そうそう」
青銅「石原さんの物真似が（笑）、あんなに上手いとは思わなかった」
花緑「活字に出来ませんが、眼をしばしばさせながら」
青銅「こんなに上手いンだと思った。ぼくは、感心しました」
花緑「ウチで稽古してても分からない、お客さんの前で演って、『こんなに反応があった』という嬉しさを、今、思い出しました」
青銅「よかったですね、舛添さんだと、ちょっと演りにくい」
花緑「そうそう（笑）、特徴がないから……。そこにちょっと救われた感がありましたよね」
青銅「これはありますね」
花緑「ハッハハッハッハ（笑）、何が何メートル、何が何メートルとか、おぼえるのが大変で、落語会で演ったときに、えーとねー、何が出てこなかったんだっけ？ 『自立式鉄塔』という、この言葉を失念。記憶から飛びました」
青銅「『自立式鉄塔』がないと、オチにならない」
花緑「『自立式鉄塔としては世界一』、このセリフが出て来なくって……、私の体感ですと、舞台上で一分以上穴をあけたと思ってますが、あれを聴いていただいて、何秒ぐらいな感じでした？」
青銅「一分近くの感じはありましたよ、気持ちとしては」

花緑「結局、誤魔化しきれてないンだけど、『ぼくとしては急に字が読めない、書いてあるンだけどな。何て読むのかな？　う〜ん』とか言いながら、想い出せなくて、お客さんも、笑いからだんだん心配に変わっていくのが分かってね（笑）」

青銅「顔がマジになっていく」（笑）

花緑「そう（笑）。心配の波紋がこう広がって、『もう駄目だ』ってときに、『あっ、自立式鉄塔！』（笑）、出て来たンですよ」

青銅「ぼくは客席で観てて、前の方で観てたンですけど、もう、『自立式鉄塔』と、言いたくてしょうがない（笑）。言うわけにはいかない」

花緑「言ってくれればよかったのに、青銅さん。だから、この台本を頭の中でめくって、字で追ってたンです」

青銅「画でおぼえてらっしゃる？」

花緑「多分、そのときはそうだったと思います。いやぁ〜、焦りました」

青銅「お客さんもこの噺、はじめて聴くから、何で詰まっているかは分からない」

花緑「そうでしたね」

青銅「何か、妙に間があるなぁという感じなんですよね」

花緑「いやぁ、今、思い出しても冷や汗が出る」

青銅「ドキュメンタリーでしたね」

花緑「ドキュメンタリー（笑）。あの落語会、考えたら結構乱暴でしたね？」

青銅「乱暴ですよ。三・一一のあとで、書く時間も短くて、当然おぼえる時間も短くてという感じで、お客さんも固いンじゃないかなぁと思ってた。始まる前、我々は、『こんなこと演っていいンだろうか?』って感じで」

花緑「そうですよね」

青銅「だって、四月の終わりですから、震災から一月半ぐらいしか経ってない。みんな自粛自粛で、特にお笑いのイベントとかは、中止しても誰も怒らないときに、『あえて演りましょう』、『みんなに笑いを』と師匠が仰って……。噺には自信があったんです。多分、普通に聴けば面白い噺だし、師匠がお演りになるから絶対面白いと思うンだけど、お客さんが笑ってくれるモードなのかどうか? ちょっと分からなかったんですよ」

花緑「でも、結果的にはもの凄くウケました。そうでしたねえ……、大変だった（笑）。思い出しました。あの頃から、青銅さんとの大変だった付き合いがはじまりました。青銅さんとの付き合いの中でも大変だった時期だったけど、人生で一番大変だった。青銅さんとの付き合いは、『にほんごであそぼう』からはじまってますけども、それもひっくるめた中で、一番大変だった、このときは」

青銅「でも、そのときの出来が良かったから、続けようってなったンです。このとき散々だったら、『もうやめよう』って（笑）」

花緑「多分、今はない（笑）」

『はじめてのおつかい』

（初演２０１１年４月23日「世界は落語だ」草月ホール）

【主な登場人物】
◎はやぶさ君……小惑星探査機の少年。はじめてのおつかいに、とんでもない遠方に行かされる。
◎先生……ＪＡＸＡの研究者。
◎イトカワ……小惑星のオバサン。

日本から、地球をぐる〜っとまわって、反対側のブラジル。

そこの、リオ・デ・ジャネイロあたりでしょうか。コパカバーナの海岸でね、ビキニを来た美女が、

「♪（コパカバーナ）」

なんてはしゃいでる。あの連中はなんで、ああ陽気なんですかね？　悩みはないんですかね？

だいたい、ブラジル人にはワビ・サビのココロがない！　……ま、なくたっていいんですが。

水着なんだか、下着なんだか、ハダカなんだかよくわからない格好の、イパネマの娘が、

「♪（イパネマの娘）」

なんて口ずさみながら、腰を振って、歩いてる。

その周りを、ハエが飛んでましてね。

「ぶ〜〜〜ん。きれいなネエちゃんだなあ」

なんて。ハエの体長が五ミリくらい。あっちにフラフラ、こっちにフラフラ飛んでる。

この飛んでるハエの体をめがけて、はるか二万キロ離れた地球の裏側の、ここ東京から、

「ズキュ〜ン」

とピストルを撃って、ひゅ〜〜〜〜〜〜〜〜と、みごとハエに弾を命中させる。

……とまあ、こういうことらしいんですよ、「小惑星探査機はやぶさが、イトカワに着陸する」っていうのは。

× × ×

（両手を開いて、ソーラーパネルみたいにしている）「まいっちゃったなあ。ここ、どこなんだろう？　暗いし、遠くだし、寒いし、周りに誰もいないし……、もう、よくわかんないとこ来ちゃったよお。……ああ、こんなことなら、あの時、『はい、おつかいに行きます』なんて、気

安く返事するんじゃなかったなあ……」

＊

「はやぶさ君、はやぶさ君」

「はい、先生、呼びました？」

「ちょっとキミに、おつかいにいってもらいたいんだけど」

「おつかい？　できるかなあ、僕に……で、どこ行くんですか？」

「先生の知り合いに、イトカワさんってのがいてね、そこへ行ってきてもらいたいんだ」

「はあ。で、どこにいるんですか？　そのイトカワさんって」

「ここから、ちょっと遠いんだがなあ」

「ちょっとって、どのくらいです？」

「まあ、その……遠いといや遠いんだが、遠くないといや遠くないと、思えなくも、ないと……言えないこともないかもしれな……」

「わかんないですよ！　ハッキリ言ってくださいよ」

「ハッキリ言うとだな……、三億キロだ」

「三・億・キロ……。三キロ奥、じゃなく？」

「違うな、三億キロだ」

「先生、用事思い出したんで、僕、ちょっと帰らしていただきます……」

「いやいや、まて。だからな、気の持ちようなんだよ、はやぶさ君」

「というと?」

「ここにね、ほら、一円玉がある」

「嫌ですよ、そんな遠くまでおつかいに行って、お駄賃がたった一円なんて」

「そうじゃないんだ。この一円玉を、地球だと考えるんだ」

「はあ、これが地球ですか。小さいですね……この、木の葉っぱの三枚目あたりが日本ですかね?」

「いいんだよ、そんな細かいことは。……で、これが地球だとすると、お月様は、ここから六〇センチ離れた場所にあるな」

「はあ、六〇センチっていうと(手で示し)……このぐらいですかね?」

「ま、そんなとこだろう。で、今回行ってもらうイトカワさんがどのへんにいるかというと……この一円玉から四〇〇メートル離れた場所だ」

「四〇〇メートル……」

「そう。だから、ものは考えようだ。三億キロって言うから遠いと思うけど、四〇〇メートルって聞きゃそうでもないだろ?」

「そ、そうかな……」

「そうだよ。ウサイン・ボルトなら四〇秒くらいで走っちゃうよ」

「四〇秒かあ」

「近いな、近すぎて申し訳ないくらいだ。君ならできるよ、はやぶさ君、ちょっと行ってきてくれ」

「はぁ……」

＊

「……な～んて丸め込まれて出かけてきたんだけど…、なにが四〇秒だよ。ここに来るまで二年かかってるんだから。あ～あ、気安く引き受けるんじゃなかったなあ。もう、お腹がすいて……エネルギーが……（ガクッとなりそうに）……ああ、いかんいかん。ちゃんとソーラーパネルを太陽の方に向けなきゃ…太陽はどっちだ？　……あ、あっちか。こうして……（両手の位置を変え）……よし、これで発電できる……だんだん回復してきたぞ。…しかし、ずいぶん太陽が遠くにあるなあ。……ええと、あれが太陽ってことは、こっちに見える赤い星が、火星だよな。で、地球は、地球は……ああ、あそこだ。ちっちゃ。一円玉よりちっちゃいよ。ちょっと地球に聞いてみるかな。えー、

『こちら、はやぶさ。おつかいに来たけど、道に迷っちゃいました。このへんでいいの？』

…って無電打ってもなあ、これ、地球に届くまで十七分もかかるんだもん。で、向こうが、

『そこでいいよ』

…って答えを打ったとしても、それが戻ってくるまで、また十七分かかる。行って帰って、

三十四分だもんなあ。

だから、たとえば今ここで、

『となりの空き地に囲いができたってね？』

って打ったら、三十四分後に、

『へえ〜』って返ってくるわけだ。んなの笑えないよ。

『座布団ぜんぶ持っていけ！』だよ。

ああ、イトカワってどこかなあ……」

と小惑星探査機はやぶさは、漆黒の宇宙をただ一人飛んでいく。宇宙空間は無重力だから、上も下も、前も後ろもない。前後左右、見渡す限り、きらめく星。

言ってみりゃ、プラネタリウムのドームを上下二つ合わせて、その巨大なボウルの真ん中に、一人でぽつんと浮かんでいるようなもの。

「（周囲を見ながら）うわぁ、きれいだなあ……。でも、きれいなのはいいけど、あまりに周囲の景色が変わらなくて、自分が進んでるのかどうか、わかんなくなる。（お尻の方を見て）大丈夫かな？　このエンジン、ちゃんと動いてんのかな？　あ、そう言えば、あの時、先生が言ってたな……」

＊

「はやぶさ君、今回、君のおつかいのために、イオンエンジンというのを開発したぞ」

「イオン？・」

「ああ。君にはイオンエンジンを四つもつける。このグループで君を支えるんだ」

「イオンが四つ!?　ということは、イオンとジャスコと、マックスバリューと……」

「いや、スーパーのイオン・グループじゃないんだ。エンジンだ」

「あ、エンジンの種類なんですね」

「そうだ。キセノン・イオンというのを飛ばして進む」

「♪は～、ビ～バノンノン♪」

「それはビバノン。こっちはキセノン」

「ちょっと違いましたね」

「だいぶ違うよ。これまでにもイオンエンジンを使った探査機というのはあった。だけど、いっぺんに四つもつけるのは、はやぶさ君、君が初めてなんだよ」

「じゃあ、僕が世界初!?」

「そうだ。あの、有名なＮＡＳＡでさえ、やってない」

「へえ、すごいな。ＮＡＳＡっていえばあれでしょ、サウナスーツとか、焦げつかないフライパンとかの通販便利グッズを開発する会社！」

「……いや、そうじゃない。たしかに、通販じゃよく『あのＮＡＳＡが開発！』なんて聞くけど、あれは便利グッズを開発する会社じゃないんだ。宇宙開発のための発明を、たまたまフライパンとか低反発まくらとかに応用してるだけだ」

「あ、そうなんですか。日本・アイデア・商品・アカデミーの略がNASAじゃないの?」

「違う、違う。正式名はナショナル……、ナショナル・ア、ア、ア……。ま、正式名は違うんだよ。あとで、ウィキペディアで調べておきなさい」

「はーい」

「ま、とにかく、そのNASAでさえやってないおつかいを無事にすませて地球に帰ってきたら、君はヒーローだぞ」

「ヒーローですか!?」

「そうだ。『キャー、あれがはやぶさ君よ』、『イトカワにおつかいに行って、帰ってきたんですって』、『カッコいい!』、『私、はやぶさ君の子どもを産みた〜い!』、って女の子にモテモテだぞ」

「モテモテか、でへへへ……」

＊

「な〜んて言ってたけど、僕のイオンエンジン、ホントにちゃんと動いてるのかな?　炎とか出ないからわからないよなあ。いま秒速三四キロで進んでるはずなんだけど、なんか、ただ浮かんでるだけみたいな気がするよ。いや、浮かんでるのか沈んでるのかすら、わからないなあ……」

　と、旅を続けるはやぶさが前を見ると、はるか向こうに、ぽつんと小さな点のようなものが見えてきた。

「……ん？　…あそこに、なんか、ゴミみたいな、カケラみたいなものが浮かんでるぞ。なんだあれ？　ちょっと近づいてみよう。

ええと、地球を出る時にメモもらってきたんだよな。（メモを取り出し）…僕がおつかいにいくイトカワさんの住所が１９９８ＳＦ３６、と。で、あのカケラみたいものが……カシャ（スカウターみたいなものを、顔側面から目にセットして）……ピピピ……と、座標軸のデータを読み取ったぞ。１９９８ＳＦ３６か。

地球でもらってきたメモが、１９９８ＳＦ３６。スカウターで読み取ったデータが、１９９８ＳＦ３６。……う～ん、惜しいな。

あっちが１９９８ＳＦ３６だろ。で、このメモが、１９９８ＳＦ３６。はあ～、少しの違いなんだけどなあ。……この住所のメモが１９９８ＳＦ３６で、あの星屑の座標軸が１９９８ＳＦ３６でしょ？　……（ため息）。

１……１。９……９。９……９。８……８。Ｓ……Ｓ。子（ね）……子…宿屋の富（注・古典落語『宿屋の富』より）かっ！

あた、あた、あたった！　あれが、僕がめざすおつかいの場所。小惑星イトカワだ！

よおし、だんだん近づきながら写真を撮ろう。……カシャ……カシャ…ぷっ（笑う）、近づいてみると変な形してるなあ。大きさは……長さが五〇〇メートルくらいかな。高さは二〇〇メートル。なんかサツマイモみたいな、南京豆みたいな…。あ、ラッコがお腹上に出して泳いでるみたいだ。へんなの。カシャ…カシャ…よおし、どんどん撮って地球に送ろう。カシャ…カシャ…」

＊

「ちょっとアンタ、誰にことわってアタシの写真撮ってるのよ！」

「わっ！」

「勝手に撮って、写真投稿雑誌に売らないでよ」

「あ、あなたは、イトカワさん？」

「そうよ」

「女の人だったんだぁ」

「そうよ、このナイスバディー見りゃわかるでしょ？　ボン・キュ・ボン！」

「いや、どっちかっていうと、ボン・ポン・ボンかなと」

「まあ、言いたいこと言うわね。で、あんたは？」

「あ、こんにちは…なのかな、今晩は、なのかな？　宇宙はいつも暗いからわかんないや。とにかく、はじめまして。僕、はやぶさって言います」

「ふ〜ん。このへんじゃ見かけない顔ね。どっから来たの？」

「地球です」

「地球!?　あの、向こうに見えるチッポケな星の、地球!?」

「ちいさく見えるのは遠くにあるからですよ。……あ、（聞き耳たて）ちょっと待って！」

「どうしたの？」

「その地球から返事が来たんです。（聞き耳たて）………ん？　なに、なに？『そこでいいよ』……って、これ、だいぶ前に打った無電の返事だよ」

「ずいぶん時間がかかるのね」

「ええ。三億キロ離れてますから」

「三億！　そんな遠くを、坊や一人で？」

「うん。ウサイン・ボルトなら四〇秒だよって言われて…はじめてのおつかいに」

「はじめてのおつかいにしちゃハードルが高いわねえ。どっかそこらへんに隠しカメラを持ったスタッフがうろうろしてるんじゃないの？　下手な変装とかして。（キョロキョロして）……いないわねえ」

「僕ひとりで来たんだよ。あ…待って、また地球から返事が……（聞き耳たて）……なに？『へ～』…って、さっきの小噺のオチかい！　わざわざ送ってこなくたっていいのに」

「なんかアレね、地球とあんたの間で意志の疎通がうまくいってないみたいね」

「しょうがないんです。遠いから」

「そんな遠くから、いったい何のおつかいに？」

「まず、イトカワさんの写真をいっぱい撮るようにって」

「ま、アタシはこう見えて、『ミス小惑星コンテスト・フォトジェニックの部』で金賞ですからね。このナイスバディーがカメラマンの心を刺激するのね。うん♥　アタシって、罪な、お・ん・な♥」

「……なんか、オトナな話題で、ついていけないなあ」

「あ、ごめんごめん。さ、どうぞ。どこから撮ってもいいわよ。ちゃんと、きれいに撮ってよ」

「う〜ん（悩む）……」

「なんで、そこで悩むの！」

「だって、きれいじゃないものをきれいに撮るテクニックは、僕、ないもの」

「ありのままに撮ればいいのよ！　…ったく、子どもは純真なだけにザンコクね」

「じゃ、撮りまーす。……カシャ、カシャ……はい、笑って。……こんなもんかな。あと、それからもう一つ、イトカワさんの肌のカケラを持って帰るようにとも言われてるんだ」

「え？　アタシの？」

「うん。ちょっとこすって、もらって来いって」

「まあ、ヤらしい。何に使うの？　ヘンタイ！」

「いや、そんなこと言われても僕にはよくわかんないけど……ほら、あれじゃないかな。よく、偉い人の『爪の垢でも煎じて飲め！』なんて言うじゃない。ああいうの」

「じゃ、アタシが偉い人ってこと？」

「きっと、そうだよ。でなきゃ、わざわざ僕を、こんな遠くまでおつかいに出さないと思うもん」

「それもそうね」

「じゃ、もらってもいい？」

「いいわ。でもね、最近、お手入れしてないから、お肌ガサガサなの。ほら。みっともないでしょ？」

「表面はガサガサですけど、しかしご安心あそばせ。あなたさまは元々が色白。故郷の水でお洗いになれば、元どおり白くなります（注・古典落語『子ほめ』より）」

「なにそれ、『子ほめ』？　さっきは『宿屋の富』だし。……あんたをプログラミングした学者って、大学で落研にいたんじゃないの？　月の家衛星とか、春風亭流星とか名乗って」

「さあ……」

「ま、いいわ。せっかく遠くから来たんだもの。アタシの肌のカケラくらい、お土産にあげるわ」

「ありがとう！」

「で、どうするの？」

「じゃ、ちょっとオジャマして着陸します。『はやぶさ、いきまーす』」

＊

一方その頃、地球では……。

「先生、ちょっと、このデータ、見てください。はやぶさ君からの受信記録です」

「なんだ、なにかあったのか？　……なになに？　……『おつかいに来たけど、道に迷っちゃいました。このへんでいいの？』……ああ、これはだいぶ前のだな。ええと、それから……『となりの空き地に囲いができたってね？』……なんだこれは？」

「さあ、なんでしょう？」

「……えーと、そのあとが、『座布団ぜんぶ持っていけ！』…これ、どういう意味だ？」

「わかりません」

「あまりの長旅で、はやぶさ君、おかしくなったのかな？」

「でもそのあと、ちゃんとイトカワを見つけて、写真をいっぱい送ってきて、それから着陸態勢に入って、『アムロいきまーす』みたいなのんきな無電を打ってきて、順調に高度が下がっていったんですが……」

「ですが？」

「いつまでたっても、うまくいったっていう無電が返って来ないんですよ」

「あいつはひょうきんなとこがあるからな。うまくいったら、『着陸なう』なんて打ってくると思うぞ」

「そうなんですよ。おかしいなあ……」

＊

「ちょっと、しっかりしなさい！　大丈夫？　はやぶさ君、は・や・ぶ・さ！」

「………う、う〜ん……。ここは？」

「あ、気がついた」

「あ、ここは、イトカワさんのお腹の上？　僕、着陸したの？」

「ビックリしたわよ。あんた、アタシの上で、二回、三回って跳ねてね。それから倒れこんで、そのままぐーぐー寝ちゃったんだから」

「ああ、ごめんなさい。着陸がうまくいかなくて、慌てて、それで倒れこんだとたん、なんか疲れがどっと出て、ふっと眠気が…」

「いいわよ。ずいぶん長い距離を、たった一人でおつかいに来たんだもの。ゆっくり休んでいけばいいのよ」

「ありがとうございます」

「待ってね。いま、お茶でも出すから。あと、羊羹切ろうか？」

「いえ、おかまいなく。僕、肌のカケラをもらったら、すぐに帰らなきゃいけない」

「あら、いいじゃない。ゆっくりしていきなさいよ。アタシも、久しぶりに話相手ができて、嬉しいんだから」

「久しぶりって？」

「以前はね、アタシ、火星と木星の間にある小惑星帯ってとこにいたのよ。まわりにアタシと同じような星のカケラがいっぱいいてね。よくペチャクチャとお喋りしたものよ。やれ、今日の土星の輪っかはきれいだとか、こないだの惑星直列は見事だったとか、最近水星と金星はアヤシイ。できてるんじゃないかとかね。…それから、あの『白鳥座』ってのはどう見ても白鳥には見えない、とか」

「わりと、どーでもいいようなこと言ってるんですね」

「お喋りなんて、そういうもんよ。当時はそんな風に話す仲間がいたんだけど、それからどういうわけか、アタシだけだんだんと軌道がずれていってね。で、こんなポツンと離れた場所を漂うようになって、五千年」

「五千年！　その間、ずーっとひとりぼっち？」

「まあ、時々、どっかから流れてくる星のカケラが通りかかるけどね。

『やあ、どちらへ？』

『ちょっと太陽の方まで』

『気をつけないさい。あんまり近づくと、引っ張り込まれるわよ』……なんてね。

あ、それから、七十六年に一回は、ハレー彗星のおじさんが近くにやってきてね、

『よお、元気でやってるか？』

『ああ、おじさんも元気そうで』

『いや、最近、尻尾の輝きが少なくなってなあ。ま、わしも年かな』……なんて言いながら」

「へえ」

「あんたみたいな機械もたまに通ったわね。あれはいつだったかしら、パイオニアとかボイジャーって名乗る探査機が、

（敬礼して）『太陽系の端っこまで行ってみるんです。ラジャー！』って通っていったわ。凛々しかったわあ。どっちもカッコいいソース顔でね。そこへいくと、あんた、しょうゆ顔ね」

「ほっといてください！」

「あの連中、今ごろ、どこまで行ってるかしらねえ……」

「そうか、五千年か……寂しかったでしょうねえ。それに比べたら、僕の二年の旅なんてどうってことないな」

「だから、こうやってじっくり誰かと話をするのは、ホント久しぶり。しばらく、ここでゆっくりしていきなさいよ。なんなら、このままここにいてもいいのよ」

「いえ、そうも行かないんです。地球ではみんな、僕のおつかいの帰りを待ってるから」

「でも……あんた、これから大変な思いをして地球に帰ったって……（口に手をあて）あっ……いけない、いけない！」

「ど、どしたんですか？　イトカワさん」

「ううん、なんでもないの」

「なんでもなくはないでしょ」

「いいの。気にしないで」

「気になりますよ。なんか気持ち悪いなあ。言いかけたんなら、ちゃんと最後まで言ってくださいよ」

「……そうか。そうね。じゃ、言うけどね。アタシもここで、長年ずっと地球を見てきたのよ。時々、近づいたり、離れたりしながらね。あんたみたな機械が打ち上げられて、地球の側にある……あれ、なんていうの？　月？　ああ、月ね。月に行っては、また地球に帰っていくのとか、見てたわ。だから知ってるの」

「何を知ってるんです？」

「何度も見てきたのよ」

「だから、何を見てきたんです？」

「あんた、地球に帰ったって、どうせ燃え尽きちゃうのよ」

「え!?」

「あんた、何かカバン持たされなかった？」

「カバンというか……平べったいカプセルを持たされました。イトカワさんの肌のカケラをこのカプセルに入れて、地球に帰ってきたら、先に放り出せって」

「でしょ？　そのカプセルは特別に丈夫に作られているから大丈夫なの。そのまま地上に届くようになってる。だけど、あんたの体はねえ……」

「（自分の体をしげしげ眺め）これ？」

「そんなゴツゴツした大きな体は、地球に近づけば、空気との摩擦で燃えてなくなっちゃうのよ」

「僕は……、燃え尽きちゃうの？」

「元々、あんたの体は地上に戻るようには作られてないのよ」

「……そうだったのか」

「ね、だから、地球になんか帰らないで、このままここにいなさいよ。アタシと、ずっといろんな話、してましょうよ」

「……」

「あんたはよくやったわ。たった一人でこんな遠くまで来て、アタシの写真をいっぱい撮って送ったんでしょ？　もうそれだけで、十分。地球の人たちも『よくやった』って言ってるわ。帰れなくても、誰も怒らないって」

「……そうかな」

「そうよ。あんたはね、もう一〇〇点満点で三〇〇点まで取ってるの。立派なもんなのよ」

「（見上げて）あれが地球か。小さいなあ。遠いなあ……。あそこまで帰るのに、また二年かかるのかなあ。いや、なんかエンジンの調子が悪いから、もっとかかるかもしれない。それどころか、たどり着けなくて、途中で力尽きてしまうかもしれない。……その点、ここは（周囲を見渡し）地面がある。小さいけど、休む場所がある。話し相手もいる。……このままここにいるのもいいかなぁ……」

と、はやぶさはその気になって、イトカワのザラザラした表面を見渡す。その時、ちょうど太陽のかげんだろうか、地上にキラリと光るものが見えた。

「ん？　あれは？」

「ああ、さっき、あんたがアタシに着陸しようとした時、落っことしたのよ。なんかボールみたいなもの」

「ターゲットマーカーだ！」

「ターゲットマーカー？」

「うん。なにしろ、僕は初めて小惑星に着陸するから、失敗しないようにってね。先にターゲットマーカーというものを発射しておいて、そこに向かって着陸するようになってたんだ」

「ふ〜ん。よく考えられてるわね。（手にボールを持って、ポンポン）これ、お手玉みたいね。（目を近づけ）……あれ、なんか小さい字がびっしり…」

「あ、それね。プレートに名前が書いてあるんだ」

「名前？」

「うん。僕が地球を飛び立つ前にね、世界中から募集したんだって。星にあなたの名前を届けますって。だからそこには、スピルバーグ監督とか、アーサー・C・クラークとか、長嶋茂雄さんとかの有名人と、宇宙に興味がある普通の人たちが、『私の気持ちを星に届けて！』って、あわせて八十八万人の名前が刻んであるんだ」

「そんなにたくさん？　道理で小さい字だわ。老眼鏡かけなきゃ見えないわね、こりゃ」

「名前と一緒に、メッセージが添えられてたものもあったんだって。『私も一緒に、広い宇宙に飛び立ってみたい』とか、『宇宙から、地球を見守っていてください』とか、『私の大切な人がもう帰らぬ人になってしまったんだけど、本当の星になって欲しいと願いをこめて』とか」

「（目をこすり）老眼鏡かけても……、にじんで読めないわね」

「………イトカワさん、僕、やっぱり帰ります」

「え？　なんで？」

「だって、こんなにたくさんの人たちが僕を応援してくれたんだもの。そのお礼として、お土産を持って地球に帰らなきゃ」

「だってあんたは、地球に帰ったら……」

「うん、わかってる。ひょっとしたら、うまく帰り着けないかもしれないことも、わかってる。だけど、僕はまだ壊れていない。燃料も残ってる。行けるとこまで行ってみたいんだ」

「……そう。わかったわ。あんたがそう言うんなら、アタシはもう止めない」

「ごめんね、イトカワさん。ずいぶん親切にしてくれたのに」

「いいのよ」

「でも、僕が行ったら、イトカワさん、また一人ぼっちになってしまう。せっかく、五千年ぶりに話相手ができたのに」

「大丈夫よ。五千年なんていってもね、この宇宙じゃ、ほんの一瞬なの。それに……アタシはもう、一人じゃないし」

「え？　どういうこと？」

「（ボールを持って）ここに、八十八万人も仲間がいるのよ。これ、一人ずつ名前を読んでいくだけでもずいぶん時間がかかるわ。退屈しないって」

「そうだね。じゃ、僕はもう行くよ」

「気をつけて」

「うん、イトカワさんもお元気で。エンジン点火。はやぶさ、行きまーす！」

「（しだいに上を見上げながら）さようなら。途中、流れ星にぶつからないよう気をつけるのよ。……しっかり太陽の方向いて、充電しながらね。……生水のまないようにね！」

「宇宙に生水なんかないよ。（しだいに下を見ながら）大丈夫、僕は地球に帰ってみせる。さよなら〜」

＊

こうして、小惑星探査機はやぶさはイトカワを飛び立った。

このあと度重なるアクシデントで、燃料は漏れ、行方不明にもなり、満身創痍で地球に帰ってきたのが、なんと五年後。

都合七年。その距離六十億キロにもなる長い長い旅を終え、はやぶさはサンプルを無事地球に送り届け、自らは燃え尽き、一瞬の光となって消えたのでした。

《星の海　いそいで飛べば　はやぶさのいと可愛げな　心意気かな》

おなじみ、「はやぶさ地球に還る」の一席、その前段でした

◎解説対談 三　花緑×青銅

花緑「やってまいりました！　名作が出来ました」
青銅「これも『としては』の初演のときですね」
花緑「これはもう、藤井青銅の名作。評判良かった」
青銅「お陰様で、何度もこの後演りましたね」
花緑「ぼくが自分の『花緑ごのみ』っていうライフワークにしている独演会でも、後に『同時代落語』って洋服で椅子でという形で、紀伊國屋ホールで演りました。後半、バージョンを変えたり、音楽をちょっと入れたりなんかして、モノローグ的に、もっとドラマチックにしました」
青銅「涙ぐんでるお客さんも、いらっしゃいましたね」
花緑「いらっしゃいましたねえ。で、わざわざ、前づけのビデオの取材で尼崎まで行って、大変でした。『はやぶさ帰還カプセル展』を観に行って、撮りたいって言ったら、撮影はNG（笑）って言われて、尼崎銀行の隣の貯金箱ばっかりある記念館は、『ここはいいです』って、貯金箱ばっかり、ぼく撮影して（笑）」
青銅「『何なんだ？　このビデオは？』って思いました。折角撮ったから前に付けたンです」
花緑「あのビデオを、竹書房さんに編集してもらって」
青銅「取材叶わずって、ドーンとあって、じゃあ、貯金箱の映像でお楽しみください――みたいな（笑）」
花緑「ぼく、あのビデオは、とても秀逸だったと思っています。あのビデオ込みで、DVDとかのパッケージににしたい……」
竹書房担当編集「音楽の権利が、ちょっとクリア出来ないので……」

花緑「あっ、そうなんだよねぇ。音楽を変えてでも、何とかしたい。じゃあ、またライブ演んなきゃいけないですね」

青銅「そうですね。いや、でも面白かったし、出来も評判も良くて……、長いですよね？　四十分ぐらいありましたっけ？」

花緑「これね、一回、子供寄席でも演らせてもらいました」

青銅「そうですか。へぇ～」

花緑「そんなにウケなかったンだけど、感想文もらったときに、子供がみんなこういう（両手を広げたポーズ）絵を描いて来たンですよ」

青銅「ああ、『はやぶさ』の太陽電池を広げている所作ね」

花緑「これを、みんなが書いてくれた感想文をもらいました。その印象には残ったみたいで」

青銅「そうでしょうね。落語であんまり、こういう（両手を広げた）ポーズ、ないですもんね（笑）。僕も書いてて楽しかったし、花緑さんも熱演出来た」

花緑「この擬人化がもの凄くよかったと思います」

青銅「まあね、日本人なら、このとき皆、知ってるお話でしたからね」

花緑「そうですよね。このときは、四つの映画と、一つの落語って（笑）」

青銅「そうそう、何度も何度も、我々アピールしていました。映画は、凄く話題になっていたから、『四つの映画と、一つの落語』ってことで話題になるかなぁっと思ったけど、別に話題にはなりませんでした（笑）」

花緑「なりませんでしたが、このエピソードを四十分くらいで伝えるパワーは、この落語にあったような気がしますね」
青銅「ああ、そうかも知れませんね」
花緑「伝わるって意味でも、子供に擬人化しているからだと思います。で、イトカワがオバさんで、オバさんと子供の会話も楽しいけど、酷いことに、最後に子供は死を覚悟して帰るっていう——誰がそんな酷いことを（笑）、『あれ？　子供だったの？』、自分から死を選択すると言う——実はもの凄い噺だったンですよ」
青銅「書き始めたときは、そうなると思ってなかったのです。子供でおつかいってことで、出来るなぁと思ってやったら、でも、最後は『死』だよなぁって、ことなんですねぇ」
花緑「あれでも、映画の方でしたっけ、何でしたっけ、何かイラストでやっぱり、擬人化っぽくしているのが」
青銅「ありました。この時期、やっぱり、皆がそう思っているンじゃないですか？　健気に頑張ってる子って感じですよね」
花緑「ですよね？　だから、ちょっと〝命〟を皆がそこに入れてましたよね？」
青銅「そうそう、そうでした」
花緑「だから、帰って来た時には消滅するっていうのは、命の灯が消えていくように、皆が捉えて、だから、そういう意味では、まさにそのストーリーになっていたンですよね？」
青銅「そうそう、国民感情がそのまま流れているからね」
花緑「しかも、こっちは子供であるって、ホントお涙頂戴的（笑）、動物と子供のラインで」
青銅「あざとい（笑）」

花緑「あざとい手ですが（笑）、名作になった噺です」
青銅「台本では『前段』になっていますけど、初演では『その一席でした』としめました。実際は、この後が大変なんですよね？　本当のプロジェクトは。このあと一回行方不明になって捜したってエピソードがあって、だから何となくぼくは、これで一巻の終わりではなくて、前段って書いた」
花緑「そうそう」
青銅「だけど、ここでもうお腹一杯の感じですね、聴いている方としてはね」
花緑「また、演りたいですね」
青銅「いいですね」

『芝《バナメイ》』

（初演２０１３年12月30日「笑ってサヨナラ２０１３」ニッポン放送）


落語ってのは、八っつあん熊さんが、物知りのご隠居さんになにかを聞く……という噺が多い。こういう落語の登場人物たちが現代にいたら、きっと今頃はこんな話をしているだろうという噺で……。

「ご隠居」

「おお、どうした、熊モン」

「いや、あっしは仲間内から『熊公』とは呼ばれるけど、あんまり『くまモン』とは呼ばれないンすけどね」

「そうかい。徳さんは元気かい？」

「徳さん？　若旦那の？」

「ああ。船宿に居候してる、船徳（注・古典落語『船徳』より）のふなっしーだ」

「そんな、無理矢理にいろんなゆるキャラを絡めなくても……」

「いや、今年の話題を振り返るということでな。こう見えても色々気を使ってるんだよ。隠居なりにな。……で、なんの用だい？」

「ご隠居に教えてもらいたいことがあるんですけどね……今は師走《しわす》、ですよね？」

「ああ。師走だ。十二月のことは昔から師走と言うな。ふだんは落ちついている先生も走るほど忙しい季節だから、師が走ると書いて、師走だ」

「それなんすけどね。『し』はいいですよ、『し』は。師匠の師という字ですからね。でも、下の『わす』ってのが、わからない」

「わす？」

「だってそうでしょ。あれは『走る』って字だから、『はし』とか『そう』って読むならわかりますよ。なんで『わす』なんですか？」

「……だからお前は、考えが浅いってんだ。いいか、先生ってのはいろんなことを知ってる。けどその知識は、昨日今日で身に付けたわけじゃあない。勉強をして、研究をして、長〜い年月を経てようやく、人から先生と呼ばれるんだ」

「そうでしょうね」

「だから、先生というのはたいがい齢をとっている」

「ま、あんまり若造で先生ってのはいませんね」

「齢をとってればシワがある。だから、師と書いて『しわ』と読む」

「え！　あれは、『し』と『わす』じゃなくて、『しわ』と『す』に区切るんですか？」

「当たり前だ。そんなことも知らないのか。シワシワの先生が走るから『しわ・す』だ」

「はあ～、なるほどね。シワシワだから、しわ……。って、ちょっと待ってくださいよ。上はそれでいいとして、なんで下は『す』なんですか？　走るって字は『す』って読むんですか？」

「走ったらスッと動くだろ！」

「あ～、そゆこと？　シワシワの先生がスッと動くから『シワ・ス』？　へえ～～、漢字にもいろんな読み方があるんですねえ」

「もちろんだ。……たとえば、お前さんみたいな江戸っ子。江戸っ子ってのは昔から、『芝で生まれて神田で育つ』と言われている」

「へえ～、そうなんですか。千葉で生まれてカナダで育つ？」

「そりゃ千葉ッ子か、カナダっ子だろ！　そうじゃない。芝で生まれて神田で育つ、だ」

「あ、そうですか。最近じゃ、練馬で生まれて蒲田で育った江戸っ子もいますけどね」

「いるだろうな」

「お台場で生まれて、新小岩で育つ人もいます」

「そりゃいるだろう」

「…沼袋で生まれて野方で育つ…」

「キリがないよ！　……それに西武新宿線の隣の駅でローカルすぎるだろ。全国の人にはわからないぞ」

「すみません」

「まあ、今じゃいろんな江戸っ子がいるが、元々は芝だ。だから、『芝』という漢字は、それを見ただけで、江戸っ子だということがハナっから明らか。なので、『ハナっから明らか』で、あの漢字は『はなめい』とも読むな」

「ああ、ハナっから明らかで、『はな・めい』ね。なるほど」

「ところが、この『はな』という音は、どうも力が入らない。ハ……と空気が抜けるからな。そこで、濁らせて『ばな』と言う」

「たしかに。ばな……だと力が入りますね」

「だからだ………。『芝エビ』と書いて、『バナメイエビ』とも読むのだ」

「あ〜、そこにつながるんですか！　いきなり江戸っ子とか言い出すから何の話が始まるのかと思ってたら、そういうこと？」

「いろいろ今年のことを考えてるんだよ。隠居なりにな」

「たしかに、今年、『メニューに芝エビと書いてたけど実はバナメイエビでした』っていう偽装事件がいっぱいありましたもんね」

「あれは、『そう読むんです』と言えばよかったんだ」

「本当ですかあ？（疑ってる）じゃあ、ご隠居。住所で、港区芝ってのがありますよね。あれはどう読むんです？」

「正しくは、港区バナメイだ」

「ああ、そうなんですか……。じゃ、落語で毎年暮れにやる『芝浜』ってのがありますけど、あれは？」

「正しくは、バナメイ浜だ」

「なんか、マレーシアあたりの海岸みたいですね。……電気製品で東芝ってのがありますけど？」

「正しくは、東《とう》バナメイだ」

「言いにくいですね。『とうバナメイ冷蔵庫』とか『とうバナメイエアコン』ですか。……じゃ、野球場にある人工芝ってのは？」

「人工バナメイだな」

「ま、そうなりますね」

「人工バナメイと、天然バナメイがあってな。ことわざにもこういうのがあるぞ。『隣のバナメイは青く見える』と」

「へえ……。いろいろ聞くと納得しますね（納得していいのかな？）じゃ、あれは、謝る必要はなかったってことですか？」

「そうだ。だいたい誰が、食べてみて違いがわかるんだ。お前、わかるか？」

「いえ、わかりません」

「だろ？　だけど、謝った演技の一つもしなきゃ世間は治まらないだろう。だから、いわばあの謝罪会見そのものが、偽装だ」

「え、あれは演技だったんですか！　芝居だったんですか！」

「いや、芝居ではないぞ」

「は？　だって、演技なんだから、芝居でしょ？」

「だからさっきから言ってるだろう。芝居ではない。正しくは、バナメイ居だ」

◎解説対談 四　花緑×青銅

青銅「これも『笑ってサヨナラ』というニッポン放送二〇一三年の年末特番ですね。二〇一三年に何を演ったかというと、『同期の嘆き』……、何でしょうね（笑）。年末特番の、巨人の長嶋、松井と、相撲の大鵬が国民栄誉賞を受賞されて、巨人・大鵬・卵焼きの卵焼きだけが何故、賞をとらないの？ というような噺だっただろうな（笑）。卵焼きの擬人化ですね」

花緑「そうですね」

青銅「『大豊作』というのは、何だか忘れましたけど（笑）、多分、流行語だと思いますね。半沢直樹の年ですね」

花緑「倍返し」

青銅「『倍返し』、半沢直樹だけじゃなくて、多くの流行語があった年ですね」

花緑「四つぐらいあって、決められなくて、絞れなかった年（笑）」

青銅「そして、芝と書いて『バナメイ』。これは、芝海老と書いてあるレストランで、芝海老として出しているメニューが、実はバナメイエビだったというのが、明らかになって、謝罪会見をした。けれど実は、誰もバナメイエビと芝海老の味の違いなんか分からない。『バナメイで、どこが悪い』という思いで書きました」

花緑「『芝浜』っていう名作も、『バナメイ浜』って（笑）、ハハハ」

青銅「『芝』って書いて、『バナメイ』って読めばいいんだろうっていうことですよね。……バナメイエビに失礼ですよね？」

花緑「いやぁ、ほんとです」

青銅「バナメイは、とんでもなく悪いものみたいな、当時はそういうニュースになっていましたけども、全然普通の食べ物だからね」

花緑「何の罪もない」

青銅「何の罪もないですよ。……で、『芝』って言葉がちょっと落語的なんで、『芝浜』がバナメイ浜って、面白いなって作りました。ぼくは個人的に前半の『師走』のうんちくが気に入っているンですよ。『師走』は何故『しわす』と読むのか？」

花緑「『師』は、『師匠』の『師』」

青銅「『走（わす）』が変じゃないですか？　『師走』って（笑）、『わす』って読まないじゃないですか、あんな日本語的にね。で、まあそこ、能書きを書いてありますけど、自分はここが一番好きでしたね。『バナメイ』を放っておいて（笑）」

花緑「そうなんすね？（笑）」

『ケータイ八景某者戯《ばっけいぼうじゃのたわむれ》』

（初演２０１１年４月23日「世界は落語だ」草月ホール）

【主な登場人物】

◎男……サラリーマン。三十代半ば。独身。ヒラ社員。
◎メールプログラム……（男のケータイの中に入っているプログラム）陽気でいそがしい。絵文字を言葉にして使う女性キャラ。
◎電話機能プログラム……（同）ひま。ぼーっとしてる。
◎ゲーム（テトリス）ソフト……（同）きびきびしてる。
◎緊急地震速報プログラム……（同）悩んでいる。

東京をぐるりと回る「山手線」は、いつも混んでいますね。とくに朝夕のラッシュ時、そして終電は、ぎゅうぎゅう詰め。立ってる人は身動きがとれない。つり革を持てれば、いい方。場所

が悪いと、棒を握ったり、網棚の縁を握ったり……。まったく何も握れない場合もある。でも、あまりにぎゅうぎゅうだから、

「いま両足を上げてみたら、ひょっとして浮くんじゃないか？」

なんて思ったりもしますね。

そんな山手線でも、午後の三時とか四時とかだと、ちょっと様子が違う。乗ってみると、たまたまガラ～ンとすいた車両だということがある。お客さんは、座席の七、八割がた座っているけど、立ってる人はいない。

午後の明るい日差しが、やや斜めから車内に差し込んで、人の少ない空間がよけいに広く感じる。なんだかひっそりとしてて、カタカタン、カタカタン……という規則正しいレールの響きと揺れが、思わず眠気を誘ったりもする。

×　×　×

そういう、のどかな午後の、山手線で……。

「うわっとっと、乗ります、乗ります！（電車にかけこみ）…よいしょっと。ぷしゅ～（後ろを見て）…ドアが締まった。間に合った……。

（車内を見て）あ、すいてるな。へえ、山手線でもこういうことがあるんだねえ。いつも混んで

る渋谷、新宿、池袋を過ぎたあとだからかな。このあと、大きな駅は上野までないしな。

あ、ここに座ろう。（座る）どっこいしょっと。ふう……」

この男。年の頃は三十半ば。取引先との用談をすませ、会社に帰ろうと電車に乗ったところ。

座って一息つき、ふと、前の座席を眺めた。七人がけのシートに、六人ほどが座っている。

「電車の中は退屈だから、昔はみんな新聞とか本を読んでたもんだ。少年ジャンプとかの漫画雑誌もね。こうやって座って前のシートを見ると、だいたい、ジャンプ読んでる人が二人に、文庫本を読んでる人が一人くらい、いたなあ。

端から順に、（記憶の中をたどり、手刀みたいにチョンチョンと確認しつつ）ジャンプ・文庫本・寝てる・スポーツ新聞・寝てる・ジャンプ・ビッグコミック・文庫本……なんてね。

（車内を見回し）だけど最近は……、だ～れも本なんか読んでないな。みんな、ケータイを見てる。今もほら、（今度は目の前の客を、左から右へ、首を振って確認しつつ）ケータイ・ケータイ・寝てる・アイフォン・ＰＳＰ・空席・ケータイ……だもんなあ。

みんな、席にすわると必ずケータイ出して、画面をじーっと見てる。シートに座ってる人全員がそうやってるのも、珍しくない。耳にイアホンつけて、音楽聞いてる場合もある。没頭してるね、みんな。

外国人が見たら、どう思うんだろうな。考えようによっちゃ不気味な風景だよな、これ。

……な～んて思ってる俺も、ケータイ出すけどね。（ポケットから出し、フタを開き、なにか親指でボタンを操作）えーと……メールの確認しとかなきゃな……。あ、課長からメールが来てるよ。『用件終了後、すぐ帰社すべし。夕方から会議あり』だとさ。課長、こまかいからなあ。ああいうのは出世しないよ。課長止まりの器だね、うん。

会議、行きたくないなあ。こっちの用事が延びてることにして、遅れちゃお。えー、なんて打つかな。『ちょっと遅れそうです』…これじゃそっけないか。遅れる理由を書いた方がいいな。どうしよう？　ええと……（とケータイ画面を見ている）」

のんびりとした車内のムードがそうさせたのか。この男、気持ちいい揺れの中で小さなケータイの画面をじっと眺めているうちに、瞼がだんだん重くなり……。仕事の疲れが出たのか、しだいに、こくりこくり……。

「う〜ん……（ケータイ画面を見ながら、居眠りをはじめる）……」

＊

「（目が覚め）はっ……。ここは？（キョロキョロ）」

「こんにちは。お日さま！」

「わ！　なんだお前は？」

「いつもお世話になっています。ニッコリ」

「やけに陽気だねえ」

「ありがとうございます。ピース！」

「いや、陽気なのはいいんだけど、ここはどこなんだ？　なんだか、あたりは薄暗いし、あちこちに複雑なコードみたいな、配線みたいなのが張り巡らされてるし……」

「ここは、ケータイの中よ。ビックリ、ビックリ」

「え？　ケータイの中って？」

「だから、あなたのケータイの中。わかった？　パ〜ンチ！（パンチのグーを出す）」

「お、俺のケータイ？」

「そう。ほら、見て。天井の四角い窓。（指で上を指し）矢印、矢印」

「ん？（上を見て）……あ、俺だ！　この窓の方を見てる。そうか、この四角い天窓がケータイの画面なのか。（上に手を振って）おーい……、見てんのかなあ。なんか、目が半分開いてるような、閉じてるような……」

「ケータイに熱中すると、みんなああなるのよ。ワーイ！　だから、体はそのままでも、心はケータイの中に入ってるの。♥」

「ああ、たしかにそうかもしれないな。ケータイの画面をじっと見つめていると、周囲のことが全部消えてしまうもんなあ」

「わかった？　ニッコリ」

「ここが俺のケータイの中だってことはわかったんだけど、あんたはいったい誰だい？」

「あたしは、メールのプログラムよ。♥」

「メール？」

「そ、いつも使ってもらってありがとう。ペコリ」

「さっきからあんたの言葉のおしまいにつく、そのペコリとか、ハートとかは？」

「絵文字よ」

「ああ、道理で」

「わかってくれてありがとう。ワーイ（口を三角にして、両手広げるポーズ）」

＼(^▽^)／

「あ。それ、顔文字ね。そういうの、見たことある」

「でも、あんまり使ってくれないのね。泣き顔。涙。雨降り。ハート。イチゴ」

「そういっぺんに絵文字使うなよ。……だけど、今のその泣き顔とか、涙ってのはわかるけど、最後のイチゴってのはどういう意味なんだ？」

「なんとなく、かわいいから」

「そういうのが、わかんないんだよ。……ま、俺は女の子じゃないからさ。あんまり絵文字・顔

「文字使うってのもな」

「あら、知ってるわ」

「なにが?」

「若い女の子へのメールだと、無理して絵文字入れようとしてるじゃない?」

「な、なんで知ってるんだよ」

「だってあたしはメールプログラムよ、あなたが今までに送受信したメールは、ぜ～んぶ知ってるの」

「あ、そうか」

「気をつけた方がいいわよ」

「なにが?」

「(声をひそめ)元カノからのメール、捨てないで、ずっと残してるでしょ?」

「あ、おまえ、俺のプライバシーを!」

「あなたのプライバシーは、あたしのプライバシー」

「そ、そういうことになるのかなぁ…」

「古いメールをいつまでもとっとくと、あとで大変な目にあうかもよ」

「大変な目って?」

「あたしの知り合いのメールプログラムでね、『この前の借りは、この星で返します』ってメールを残しといて、えらいことになった人がいるんだから。『最初は強く当たって、あとは流れで』とか、『最終的に右を差して、すくい投げで』とか（注・この頃、大相撲の八百長メールが話題になっていた）」

「ああ、そうか。たしかに古いメールには気をつけた方がいいな」

「そうよ、新しい彼女に、元カノのメール見られたら大変よ。いま、捨てとく？」

「じゃ、そうしてくれ」

「（敬礼しつつ）了解しました！」

「ゴミ箱に入れるだけじゃなく、ちゃんと削除してな」

「（敬礼しつつ）了解しました！」

「あとで復元とかできないように」

「（敬礼しつつ）了解しました！」

「やけに返事が早いな」

「だって、この言葉、定型文に入ってて、何度も使ってるじゃない」

「そういやそうだな。『り』って打つとこの文章が出てくるから、ホントはもっと違うこと書こうと思ってたんだけど、『めんどくさいから、これでいいや』って送っちゃうもんなあ」

「じゃ、あたしはこれから、アドレス帳プログラムさんと会議があるから」

「会議？」

「うん。この際、元カノのメアドも削除しといた方がいいんじゃないかって」

「ちょ、ちょっと待ってくれよ。メアドくらい残しといても……」

「未練がましいわねえ。こいうのは思いきって捨てた方がいいのよ。それに、ひょっとしてこのメアド、もう使えないかもしれないし」

「え、そうなのか?」

「女の子はね、恋が終わると、すべてリセットしちゃうのよ。サバサバしてんだから。じゃ、あたし、そのへんのこと会議してくるから。あなたはゆっくりしといて。ちょっとそのへん、散歩してみるといいわ。いろんな連中がいるから。じゃあね、バイバイ!　ああ、忙しい、忙しい……」

(見送って)

「行っちゃったよ。なんか、忙しそうだな。……(周囲を見回し)ちっぽけなケータイの中だけど、意外に広そうだな。いろんな連中がいるって言ってたけど、どんな連中だろう?　ちょっと行ってみるか……」

＊

「(歩きつつ)なんか、あちこちで配線が複雑にからみあってるなあ。(天井に通ってる配線を握ったりしながら)これ一本外れるだけで、大変なことになったりするんだろうなあ……(奥を見て)ん?　あそこに誰かいるぞ」

「（あくび）ふわ～～～～」

「おや、こりゃまた、のんびりした人だね」

「ヒマだな～～～」

「あのう……、こんにちは」

「ん？」

「ええと、あなたは、どなたですか？」

「オイラ？　このケータイの、電話機能だよ」

「ああ。それで頭に、こう、妙な受話器みたいな帽子、かぶってるんですか。オカッパ頭みたいですね」

「そう。（頭の両側に手をやり）これが、こう傾くと、電話してる状態。……こう水平だと電話切った状態」

「そうですよね」

「だけど、最近、この帽子、あんまり傾かないんだよ。（あくび）ふあああ～～～～。……ひまで、ひまで……」

「そんなに、ひま？」

「いいかい？　みんなケータイ、ケータイって呼ぶけど、正しくは『ケータイ電話』なんだよ」

「そうですね」

「元々は電話がメインなんだ。それがなんだい、最近じゃ、メールばっかり」

「たしかに」

「ひどい場合は、まず『いま電話してもいいですか?』ってメールしてから、やっとオイラの出番がやってくる」

「いろいろ気を使う場合だってあるんですよ」

「ケッ。いそがしいのはメールプログラムばっかり。おかげでオイラは、側で見てるだけで、退屈で……、退屈で……、(あくび)ならねえ」

「あくび指南だね、どうも(注・古典落語『あくび指南』より)。こんな人、ほっといて、もっと奥に行ってみよう」

＊

「(さらに歩きつつ)……なんか広い場所に出たな。まわりにな〜んにもない。ん? 殺気!(パッと上を見上げ)わ! なんか落ちてくる! ここは工事現場か? でっかい骨材みたいなものが、だんだん、だんだん……落ちてくる! わあ、逃げなきゃ……(よける)……(上から落ちてきたモノを目線で追って)……ドスン、と助かった。なんだこれ? L字型になってるけど……(また上を見上げ)あ、また落ちてきた! 今度は四角だ!」

と上から落ちてくる工事現場の骨材みたいなモノを、男は右によけ、左によけていると、やがて地面一面に骨材が並ぶ。そして、全体がピカピカピカッと点滅したかと思うと……、

「わ！　消えた！　……どうなってるんだ、これ？」

「ポーズ！」

「ん？　なんだ、今の声？」

「やあ、こんにちは！」

「今の『ポーズ』って声はあんたかい？」

「ええ。僕はゲームプログラムです。テトリスっていいます」

「ああ、テトリス、…それで、上からどんどん落ちてきて、揃うと消えたのか」

「いつも利用してくれて、ありがとうございます」

「いや、こう言っちゃなんだけど、テトリスなんて今さら珍しくもないゲームだよね。でも、暇つぶしに久々にやってみると、クセになって、またハマってしまうんだよなあ」

「それでいいんですよ。時々思い出して、暇つぶしになるなら、それで本望だって。僕ら仲間は、いつもそう言い合ってますから」

「仲間って？」

「ぷよぷよチャンと、リバーシ君と、あと、数独さん」

「いろいろいるんだな」

「ミスター・ソリティアってのもいますよ」

「みんな、懐かしいなあ」

「で、どうします？」

「どうするって？」

「ほら、頭の上」

「(上を見て) わっ、空中でデッカい棒が浮かんで止まってる！」

「さっきは、あなたの頭の上にパーツが落ちてきそうだったから、ポーズボタンで止めたんですよ。で、『このまま続けますか？』、それとも『ゲーム記録を破棄して終了しますか？』」

「終了してくれ」

「ラジャー！」

＊

「(さらに歩きつつ) ……ケータイ電話の中には、いろんな連中がいるもんだな。知らなかったよ。…ん？　あそこで、椅子に座って、なんか真剣な表情の人がいるぞ。誰だろう？」

「う～ん………」

「もしもし？」

「ああ、私は、このままでいいのか？　もっといい方法があるんじゃないか？　でも、それはなんだろう……」

「なんか真剣に悩んでるな、この人」

「やめるべきか、続けるべきか？　それが問題だ！」

「俺のケータイの中に、ハムレットいたかな？　もしもし……（強く）もしもし！」

「ハッ！　…あ、すみません。気がつかなくて」

「いえ。こっちこそ、おどかしてすみません。さっきからお見受けしてると、ずいぶん悩んでるみたいでしたが……」

「ええ、この一ヶ月、ずーっと悩みっぱなしで、夜もおちおち眠れないんです」

「そりゃいけませんねえ」

「私の仕事はこのままでいいのか？　どこか、もっと改良すべき点があるんじゃないか…って、いろんな考えが頭の中をぐるぐる回って……」

「真面目な方なんですね。あなたは、どなたなんです？」

「私は、『緊急地震速報のプログラム』です」

「あ、あなたが…、そうだったんですかあ！　へえ〜。……いやね、俺、最初ビックリしたんですよ。急にケータイが不気味な音で鳴ったんで。自分のケータイにこんな機能があるなんて、知らなかったんです」

「驚かせてすみません。本来、私は出番がない方がいいんです。こんなプログラムが入っていることすら、知られずに終わった方がいい。……でも、今回は、そうはいかなかった」

「今回は、特別でしたからねえ……」

「あれ以来、毎日、いそがしくなってしまって。こんなに何度も仕事をすることになるとは、思いもしなかった」

「ご苦労様です。でも、警報出すのって、難しいんでしょ?」

「やっぱりあれですか、ナマズの様子をじーっと観察してて、『そろそろ来るかな?』って…?」

「ええ、そりゃもう」

「江戸時代の人ですか、あなたは。

いいですか? よく聞いてください。地震の時は、縦揺れのP波と、横揺れのS波が発生します。最初にカタカタカタカタッ…っと小さく来るのがP波で、そのあとぐらぐらっ…と大きく来るのがS波。このP波は毎秒七キロメートルで、S波は毎秒四キロメートルで伝わります」

「P波の方が速いんですか?」

「いい質問ですねえ」

「あ、池上さん?」

「緊急地震速報は、この二つの波の、伝わる速さの違いを利用したシステムなんです。P波を感知した時点で、『このあとS波がやってくるぞ。気をつけて!』という警報音を鳴らす。そうすれば、わずか数秒でも、心構えができるでしょ? 身の安全を確保する準備ができるでしょ?」

「なるほど。そんな凄いことを、俺のケータイの中でやってたんですか?」

「いやいや。揺れを感知して計算するのは、気象庁にある立派なコンピュータがやるんです。私はそれを知らせるだけ」

「な～んだ」

「そんな軽く扱わないでくださいよ。（強気に）これは世界初の、画期的なシステムなんですから！」

「へへへ～、お見それしました！」

「（急に弱気に）なのに、最近、いろいろ批判も多くてねえ……」

「批判？　なんで？」

「この方法だと、震源地に近いと警報が間に合わないんです。P波とS波がほぼ同時にきますからね」

「あ、そうか」

「だから、『警報が鳴らなかったじゃないか！』って怒られて」

「まあ、完璧には無理ですよね」

「一方、空振りすることもある。そしたら今度は、『警報鳴らしといて揺れなかったじゃないか！』と怒られて」

「無事にすんだんだから、いいじゃないですかねえ」

「それから、『警報の音が怖いじゃないか！』って怒る人もいる」

「あ、あれは私もちょっと怖いな。ドキッとする。もっとやさしい曲とかにならないんですか？　たとえば、『エリーゼのために』とか」

「どんな騒音の中でも気がつき、お年寄りから子どもまで、『大変だ！』と思ってもらわなきゃいけないんです。『エリーゼのために』じゃ、うっとりしちゃうでしょ？」

「あ、そうか」

「あれは研究に研究を重ねて作った音なんですよ。作ったのが、伊福部達《とおる》さんという先生で、ゴジラの曲を作った伊福部昭《あきら》さんの甥ごさんなんです」

「え！　あの♪（ゴジラのテーマを口ずさんで）の？　東京タワーを壊した？」

「ええ」

「へえ。やっぱり、巨大なナニカが迫ってくるっていう雰囲気を伝えるのがうまいんだなあ……」

「まあ、批判はあるけど、私はこれからも伝え続けますよ。1秒でも、0・5秒でも早く、正確な警報が出せるように。そうすれば、少しでも被害を少なくすることができる」

「（大きく頭をさげ）よろしく、お願いします！」

「でも、本当に望むのは……、私の出番がなくなること。地震は、ない方がいいですからね」

＊

「（またもや歩きつつ）いやあ、自分のケータイの中にこんなにいろんな連中がいるなんて知らなかったなあ。ええと、ここはどのへんなんだろう？　ずいぶん奥の方まで来ちゃったみたいだけど……うん？（見上げ）あ、桜だ。きれいだなあ……。

ケータイの中に桜の木が植わってるのか？　……いや、違う。花びらが動かない。あ、あの枝ぶりには見覚えがあるぞ。これは、俺が撮った写真だ。そうか。ここは、ケータイで撮った写真を収めてある場所だな。

（あちこち見ながら）あっちにも桜の写真。こっちにも…。きれいだなあ。まるで、満開の桜並木だ。……しかし、俺、ずいぶんたくさん写真撮ってるな。俺ってこんなに桜、好きだっけ？毎年、こんなふうに写真撮りまくってる記憶はないんだけど。

……あ、思い出した。今年は、あの地震と大津波の直後だったから、花見を『自粛しよう』っていう意見と、『自粛しないで経済活動した方がいい』っていう意見とに分かれたよな。どっちも、それぞれ納得できる考えだった。結局、ウチの会社はしなかったんだけど、俺はその代わりに、こうやっていっぱい写真を撮ったんだ。

写真撮りながら、思ったんだ。大変な災害が次々とおきて、まだ事態がどう収まるかわからない。困ってる人もたくさんいる。しかしそれでも、季節は進んで、いつもの年と同じように桜の花が咲くんだなあ……って。

どんな暗い夜だって、いつか必ず朝になる。冬は必ず春になる。つらい時期も、これから頑張れば、いつか必ず克服できるんだ……って。満開の桜にそんな思いを重ねたくて、俺は今年、何枚も何枚も写真を撮ったのかもしれない……」

男は、満開の桜の写真が並ぶ、真ん中に立った。と、不思議なことに、写真なのに、桜の花びらがゆらゆらと揺れる。すると、一枚、二枚……と花びらが風に舞って、ゆらゆら落ちてくる。しだいに、あっちの写真からも、こっちの写真からも、ピンク色の花びらが舞って、あたりは、さながら美しい桜吹雪のよう。

「(手を出して、桜吹雪をあびながら)ああ、きれいだなあ。こうやって満開の桜の下に立っていると、なんだか、頭の芯のあたりがぼーっとしてくる(目を瞑る)……」

＊

「(目が覚める)はっ……こ、ここは? 電車? (キョロキョロして)山手線の中だ。あれ? ……あ、そうか。思い出した。俺はメールを打とうとして、ついうとうと、居眠りしてしまったんだ。

ここはどこだろう? (窓の外を見て)……よかった。まだひと駅すぎただけだ。ほんの短い時間、寝てただけだな。……(手元のケータイ見て)ん? ……メールを打ってたはずが、いつの間にか、桜の花の待ち受け画面になってる。(近づけて画面を見て)……えっ、時間が一時間経ってる! ひと駅じゃない。俺は眠ったまま、ちょうど一周しちゃったのか!?」

＊

「遅れてすみません、課長!」

「何時だと思ってるんだ! 夕方から会議ありって、メールしただろ!」

「ええ、たしかに見たんですが…」

「おまえな、遅れるなら遅れるって、ちゃんと連絡入れろよ」

「おかしいな。そういうメールを打った…」

「打ったのか？」

「…ような、打たなかったような……」

「ハッキリしない奴だな。どっちなんだ？　ちゃんと打ったっていう自信はあるのか？」

「え？」

「自信はあるのかって聞いてるんだ」

「いいえ。地震は、ない方がいいんです」

◎解説対談五　花緑×青銅

青銅「これも、『としては』『はじめてのおつかい』の初演のときですね。噺の内容は、『地獄八景亡者戯《じごくばっけいもうじゃのたわむれ》』の様な長い噺です。大阪の噺の地獄巡りをする焼き直しというか、ケータイの中のプログラムの中を、あっちこっち見るという……」

花緑「それで様々なキャラが出てくる。これも楽しかったですね。演っていて」

青銅「これは師匠が楽しそうなのが、観てて伝わりました」

花緑「居眠りしている間に、ケータイの中に入っていく……」

青銅「SFではよくある手法なんですけど、落語の醍醐味ですよね？　これで、映画の様にCGとか使っちゃうと、多分興醒めですよ」

花緑「そうでしょうね」

青銅「想像の中の方が楽しいしね。このときは二〇一一年ですから。タイトルに『ケータイ八景』ってありますが、今はもうスマホですね。あのときは、まだケータイの方が多くて、師匠の仕草がケータイの蓋をパッと開ける仕草で、ニコ生で演ってるときに、『ガラケーなのか？』っていう書き込みがあって（笑）、そういう時代でしたよ」

花緑「そうですね」

青銅「一、二年で、あっというも間にスマホがメインにかわりましたし」

花緑「でも、面白いですね。ぼくは落語会を、全国で演るじゃないですか？」

青銅「はい」

花緑「すると、サイン会とか、東京以外の地方で一通り演らしてもらっていると、『写真撮ってください』って、オジチャン、オバチャン、ガラケー率がもの凄い高いです」

青銅「やっぱりなんか、スマホは何か、怖いんですよ、きっと。どこを押していいのかも、よく分からないし（笑）、違うところにいっちゃいそうで、怖いみたいですよ」

花緑「つい、先々週か、鶴瓶師匠に会ったときに、『スマホに変えた』、ガラケーだったんですよ。理由が凄いンですよ。『イチローに言われたから』って言うンですよ」

青銅「ほー」

花緑「あのイチローです。サプライズでイチローが鶴瓶師匠に会いに行ったときに、文金高島田で真っ赤な着物着て、鶴瓶師匠が待ってた（笑）。で、イチローは、びっくりしたらしくて（笑）。その写真、見せてもらいました」

青銅「へぇー、何それ（笑）」

花緑「それでお互いに、メールをしたいからって、イチローと普通のメールで会話してる（笑）。で、『押し方が分からない』と言ってましたよ」

青銅「これね、『はじめてのおつかい』と『としては』も、『ケータイ八景』も、みんな三・一一の震災の直後に演ったやつで、未だにぼくはおぼえているンですけども、人間が出せなかったンですよ。登場人物として。あのまあ、さっきも師匠がお話になりましたけれど、二日間で四作を演ったンですけど、最初二作ぐらいは、パッと出ました。それが、たまたま人間が出てない。で、師匠にお送りして、『あと二本書くンですけど、やっぱり震災のあとで人を出し辛いンですよね』って電話で相談したンですよ。そうしたら師匠が、『いっそのこと、全部擬人化にしたらどうですか？　人が出てこない噺にしたら、どうです?』って言われて、その中に多少地震を絡めるってことにしたのをおぼえています」

花緑「緊急地震速報ってこれでしたっけ?」

青銅「そうです。世の中のことを落語にしようって企画だったから、『はじめてのおつかい』にも、『としては』にも、みんな地震のことはちょこっと入ってるンで、これが一番入ってますけど、緊急地震速報が悩む話で」

花緑「そうですね、これが怖いから、違う音にした方がいいンじゃないか、でも、『エリーゼのために』にしたら、みんな逃げ遅れるじゃないけど……」

青銅「この頃は、緊急地震速報が鳴ると思い出す。怖くて嫌だって。まだ震災から一月半ぐらいでしたから、そんな頃ですよね」

花緑「そうでしたね」

青銅「これをやっぱり人で演っちゃうと、凄く生々しかったんです。まだ、あの頃は」

花緑「そうですね」

青銅「だから、こういうプログラムの形にしてしまうと、まあ、大丈夫かなと言うンで、演って、確かに大丈夫だったンですけども……、それは凄くおぼえています」

花緑「そうやって思うと、ホント、そのときの噺ですね、これって」

青銅「で、これって、写真を見て『桜が綺麗だね』ってエピソードが……」

花緑「ありましたね」

青銅「あれ、ぼく自身が桜を撮っていたンです。ちょうどスマホに替えたばかりで、桜の写真をいっぱい撮った。『桜、綺麗だな。毎年、綺麗に咲くンだな』と思った記憶があったので、入れたンです」

花緑「凄くいい場面でしたよね。写真機能の中に入っていたということですね」

青銅「そうそうそう。いろんな写真が残っていて……」

花緑「どんなに大変でも、桜は咲く」

青銅「そうなんですよ。個人的には、そういう思いがあって、ちょっと思い出深いですね」

花緑「そうですよね、三・一一のあとって、桜を見て、ちょっとホッとするのがありましたよね」

青銅「いろんなことがあったけど、季節はちゃんと廻って来て、キレイな花は咲くし、頑張ろうみたいな感じはありましたからね」

花緑「思い出しますね、その当時を」

青銅「思い出しますね。やっぱり、たとえば音楽とかは、それを聴いてた時代をパッと思い出すってあるじゃないですか？　こういう、そのときにあったことをネタにしている落語ってのは、そういう作用が多少ありますよね？」

花緑「そうですね」

『揺れる想い』

（初演２０１１年９月29日「花緑ごのみ」紀伊國屋ホール）

【おもな登場人物】
◎お嬢様……深窓の令嬢
◎旦那さま……その父親
◎じい……ややそそっかしい執事（三太夫キャラ）
◎ケンスケ……ボランティアの青年

（まくら）

○テレビでよく「大金持ちのお嬢様」とか「セレブ」なんて方が登場する。
東京だと田園調布とか成城、関西だと芦屋なんかに住んでて、高級ブランドを身につけたりしている。

○もちろん、ああいう方はお嬢様なんでしょうが、何代も続いた名家の、本当の本物のお嬢様っていうのは、きっとテレビとか雑誌の取材には、出ないんでしょうね。

○「お嬢様、テレビが取材させて欲しいと言ってきておりますが」
「テレビ？　いや。そんなの、けがらわしい」

なんてね。……ま、想像ですが。

○こういう家は何代にも渡ってお金持ちだから、もう自分の家が何のビジネスで成り立っているのかも、よくわからなくなってる。株をごっそり持ってるのか、土地なのか、ビルを持ってるのか……？

○一応なにかの会社があって、当主はそこの社長ということにはなってるけど、これだって、ただいりゃいいという程度の仕事。

○家の中は、「じい」なんて人が仕切ってる。そんなに年じゃなくても「じい」。

○こういう家で育つと、お嬢様も浮世離れしてくるというもので……。

× × ×

鎌倉——という街は、ガチャガチャした東京から離れているので、時間の流れが、少しゆっくりしている。その、旧鎌倉と呼ばれる町並みの、奥まった場所。

とある坂道を登ったところに、一見目立たない、大きなお屋敷がありまして……

「おーい、じいや。じい！」

「はい、旦那さま」

「もう、お医者様はお帰りになったかい？」

「はい。ただいま、玄関の車まわしでお見送りしてきたところです」

「そうかい。ご苦労だった」

「……で、お嬢様の具合について、先生のお診たては、どうだったんですか？」

「ああ。さすが、名医と呼ばれる方だな」

「はい、そりゃもう、あの方は名医と評判で。ニックネームが『ブラックジャック』とか」

「ほう」

「しかも『医師免許を持ってるブラックジャック』」

「なるほど」

「さらに『お金に淡白なブラックジャック』」

「いいとこだらけだな」

「ええ、もう名医中の名医です。で、お嬢様の病名は、なんと?」

「それが……、わからないというんだ」

「わからない?」

「ああ。いろいろ診察をしてみても、娘の体にはどこも悪い所がないという」

「そんなわけはないでしょう!　だって、お嬢様はもう、かれこれひと月以上寝込んでらっしゃるんですよ。それが、悪い所がないなんて…。あの野郎!」

「おいおい。お医者様に『野郎』はないだろう」

「いえ、野郎で十分ですよ。旦那様の前ですがね、あの野郎のニックネームは『藪井竹庵』と言うらしいです」

「また、古風なニックネームだな」

「しかも、『お金に汚くて、医師免許がない、藪井竹庵』」

「考えうる限り、最低の医師だな。……まぁ、じい、落ち着いて聞いてくれ。たしかにお医者様は、娘の体に悪い所はないという。ということはつまり、問題は体ではなく、おそらく心だと仰るんだ」

「心?」

「簡単に言うと、ストレスとか悩みとか心配事とか、そういうものだ。人間の体というのは、結構そういう理由で変調をきたすらしい」

「なるほど、気の病というわけですか」

「うむ。それをズバリと診たてたから、あのお医者様は名医だと」

「ええ、もう名医ってことに関しては、バカに名医でして。ニックネームが『一人チーム・バチスタ』！」

「いろいろニックネームがある方だな」

「で、お嬢様の、その悩みの理由というのは？」

「さて、そこだ。先生が仰るには、悩み事というのは、かえって肉親には言いにくいもの。ましてや、年頃の娘だとなおさらだ。なのでここは、子供の頃からよくなついていた、お前が訊いてきてくれないかと思ってな」

「ええ、それはかまいませんが……」

「が？」

「訊かなくても、私にはだいたいわかりますけどね」

「ほう、そうか？」

「お屋敷のお嬢様が、気の病で寝込んでらっしゃるんでしょう？　こういう場合はたいていアレでございますよ。ほら、お医者様でも草津の湯でもってやつでして。……お嬢様、『瀬をはやみ～』なんて和歌を口にしてませんか？（注・古典落語『崇徳院』より）」

「なんだそれ？」

「……ああ、口にしてない？　違うんですな。……じゃあ、あっちの方かな。『夏なのに蜜柑が食べたい』とか？（注・古典落語『千両みかん』より）」

「お前、何言ってるんだ。いまどき、蜜柑ぐらい、いつだって食べられるよ」

「ま、そうですが……。そうか、どっちも違うとなると、これは別の噺だな。う〜ん……新作か？」

「なにをゴチャゴチャ言ってるんだ。早く行って、訊いてきてくれ」

「はい、わかりました！」

＊

（ドアノック）「お嬢様、じいです。おかげんはいかがです？」

「ああ、じいなの？　どうぞ、入って」

「失礼します。（ドア開け）……おや、ソファにお座りになって。大丈夫なんですか？」

「ええ。今日はわりと気分がいいの」

とはいうけれど、傍目にも、それほど元気には見えない。元々、色が白くて線の細い美人なんですが、ここ一ヶ月ほど寝込んだせいで、顔色は白いというよりも、青白い。食欲もないので、すっかりやせ細っている。

「えーお嬢様……、さきほどのお医者様が仰るにはですね、お嬢様の具合が悪いのは、なにか心にひっかかってることがあるせいではないかと？」

「……さすがお医者様ね」

「やっぱり、そうですか！　どうです、この、じいに教えていただけませんか？　私にできることなら、解決してさしあげます」

「でも……、こんなこと言うと、きっと、じいは笑うから…」

「笑いません！　と宣言して、いざ話し出すと笑う…という古典的ギャグは、時間がもったいないから、やりません。早く先に進めましょう。じいは笑いませんから、仰ってください」

「そう……。なら言うけど、実はね……、ほら、三月に大震災があったでしょう？」

「ええ、あれは大きな地震でした。このお屋敷の壁にもちょっとヒビが入りました。……しかし、東北の被害はそんなもんじゃない。じいはあの津波の映像を見て、自分の目を疑ってしまいましたよ。これは、本当に現実におきていることなのか……と」

「私も、そうです。ニュースを見て、びっくりして、悲しくて、つらくて……。なにか私にできることはないかと思ったんだけど、何にもできないのよね。ボランティアに駆けつけたい気持ちはあるけれど、こんな私じゃかえって足手まといだろうと思うと、情けなくて……」

「はい。じいも同じ気持ちでした」

「それで私、募金ばっかりしていたの。駅前で募金をしてる人を見かけたらお金を……。コンビニに募金箱が置いてあったらそこにも……。テレビで募金を呼びかけていたらこれも……って、目に付くたびに募金を」

「はい。じいも、同じでした」

「東北の品物を買えば手助けになると聞いたから、お店で見かけるたびに、東北の果物とかお菓子を買って……」

「はい。じいも、同じでした。居酒屋に仙台の日本酒があれば飲み、食堂に岩手の日本酒があれば飲み、スーパーに福島の日本酒があれば買って来て飲み……」

「飲んでばかりね」

「いや、お恥ずかしい」

「いいのよ。それでも、地元の経済の、なにかの足しにはなっているでしょうから」

「……はい」

「それでね、私、夏前にテレビで見たんです。あれは、ニュース番組のいちコーナーだったのかしら。ボランティアの方が現地に入る様子を紹介していたの。たよりない私なんかと違って、ガッチリした体型の男の方でね。会社員なんだけど、休暇をとってやってきたんですって。現地に迷惑をかけないよう、食事も泊まる所も、ちゃんと自分で用意して」

「ほう。立派な方ですな」

「津波のせいで泥だらけになったお宅の片づけを手伝っていたんですけど、やってもやっても片付かないの」

「そうでございましょうなあ」

「それで帰りぎわに、『あぁ、自分はなんて無力なんだろう』って思わず涙ぐんで……」

「立派な上に、心の優しい方でございますな」

「で、その方のお顔が……、凛々しくて、切れ長の目に、鼻筋がすっと通った二枚目で」

「立派で、優しく、いい男！　じいの若い頃にそっくりですな」

「え？」

「…は、はやくお話を続けてください」

「それで私……、恥ずかしながら………」

「恥ずかしながら？」

「恥ずかしながら……、その方に恋心をいだいてしまったんです」

と言っただけで、青白かったお嬢様の頬のあたりに、ぽっと赤みがさす。

「はあ、一目惚れというやつでございますな」

「……ええ」

「『瀬をはやみ』の方か……」

「なんですか？」

「いえ、なんにも。それで？」

「…はい、それからは、一日中そのお方のことを考えてぼーっと……。でも、どこのどなたかも分らないので、会えるわけもない。それを思うと食も進まず、なんにもやる気がおこらず、だんだん具合が悪くなってきて……」

「なるほど」

「それに、いま日本中が頑張らなきゃいけない大変な時でしょ？　こんな時に、私は恋心をいだいてるなんて不謹慎じゃないのかしら、と申し訳なくて、反省して……、でもこの気持ちは止められなくて…、それで余計に悩んで、具合が悪くなって……」

「寝込んでしまったと？」

「……はい。すみません…」

「なにを謝ることがございますか。人が人を好きになるのは自然なこと。ましてや、そんなに立派でいい男とあっては当然です。それに、じいが思うに、不謹慎ではありません。こんな時こそ、そういう前向きな気持ちが大切なんでございますよ」

「そう言ってくれると少し気が楽になったわ」

「よかったです」

「でも…、あの方に会えない状況は同じだけど……（ため息）」

とため息をつくと、吐き出した空気の分ほど、お嬢様の体がすっと小さくなったように見える。それぐらい、体が弱っている。

「わかりました。では、その男の方と会えたなら、お嬢様の具合はよくなるというわけですね」

「会えるの?」

「なんとかいたしましょう!」

＊

「……というわけで、旦那様、お嬢様の病は、恋わずらいです」

「恋わずらいとは、また古風な。なに? ……ふんふん……、ああ、今回の大震災で…ああ、テレビを見て……、へえ…その男の人が……うん、そりゃ立派な方だ。で、その方に? ……なるほど、わかった。つまりこれは、『震災結婚』の心理だな」

「震災結婚?」

「あの震災からこっち、結婚や恋愛を真剣に考える若い人が増えているという。こういう想像を絶する災害の時、人は絆を求めるようになるんだな。誰か大切な人、好きな人、できれば生涯の伴侶にそばにいてもらいたい…と思うわけだ」

「ああ、その気持ちはわかりますな」

「なんでも、心理学で『吊り橋効果』というらしい」

「吊り橋?」

「山あいにかかっている、あの吊り橋だ。あれはグラグラ揺れるだろ?」

「揺れますな」

「ああいう、揺れて震えて怖い場所で、男と女が一緒にいると、恋に発展しやすいという。外国の実験で、そういうのがあるらしい」

「そうですか。今回は、大地そのものが大揺れに揺れたわけですから、いわば日本全体が、吊り橋の上で震えていたようなもの。あちこちで、震災結婚が増えるというのも道理かもしれませんな。……とすると、ドリフの加藤チャンもそうですかな?」

「あのカップルも、多少は吊り橋効果があるのかもしれないな」

「45歳差ですよ」

「らしいな(注・この年6月、加藤茶が結婚)」

「堺マチャアキの、22歳差がたいしたことないように思えますな(注・8月、堺正章が結婚)」

「比較の問題でな」

「吊り橋効果のおかげで、年をとっても結婚できるとなると、これは……、春風亭昇太にもチャンスがあるかも……」

「話の筋がずれてるぞ! これは年取った男がいかに結婚するか、という話じゃない。ウチの娘の恋わずらいの話だ」

「そうでございました。……しかし、吊り橋効果でみんなが震災結婚してくれれば、私も助かりますな」

「はて。お前が助かるってのは、どういうことだ?」

「最近は、若い人が結婚をしない、子どもを産まない、というじゃないですか」

「ああ。『晩婚化』『少子化』なんて言うな」

「でも、震災結婚が増えれば、当然、赤ん坊も生まれる」

「生まれるだろうな」

「赤ん坊が子どもになれば、町の活気が出る」

「ああ、賑やかでいい」

「その子たちが成人すれば、働く」

「働くな」

「働けば景気がよくなる」

「なって欲しいな」

「で、その連中が払った年金を、私がもらえる。だから私が助かる」

「ずいぶん気の長い話だな……。しかし、まあ、お前の年金はさておいて、どうやらウチの娘の恋わずらいも、吊り橋効果、震災結婚のクチかもしれない」

「で、ございますな」

「そのお方の名前は？」

「それが、途中から見たテレビなので、名前がわからないらしいんですよ。なんでもケンとかケンイチとかケンジとか……そういった感じで」

「じい、手がかりは少ないが、なんとか、その相手を見つけてきてくれないか。このままでは、娘の体はどんどん弱ってしまう」

「そのつもりでございます。行ってまいります。私の年金のためにも！」

＊

というわけで、大切なお嬢様が一目惚れした相手を探すため、じいは東北の、とある海辺の町にやってきた。

お嬢様が見た番組でとりあげていたのが、この町だったからですが、小さな駅を降りて、驚いた。

「うわっ……。（周囲を見回し）……どの家もどの家も、みんな一階の壁が壊れて柱だけになってる。二階がそのまま残ってるのが、余計無残だな。…ということは……（手を頭上にあげ、背の高さを測るように…）背丈以上の水が、このあたり一面を流れたってわけだ。（身震い）……ううっ、自然ってのは、恐ろしいもんだ。

………ガレキは、意外に片付いてるんだな。ここらで残っているのは土台だけで、な〜んにもない。夏を越したから、雑草がワサワサ生えてる。植物はすごい。自然ってのは、たくましいもんだ。……恐ろしかったりたくましかったり……、自然ってのは、その両方なんだな。

（ふと前方、遠くを見て）……ん？　こんな所にピラミッド、あった？　いや、ボタ山か？」

近づいてみると、そこにあるのは巨大なガレキの山。

「（見上げて）うわ。そうか、もう片付いてるように見えたのは、あちこちのガレキを集めて山にしたってだけなのか。こんな山が、二つも三つもあるんだから、すごい量だ。（ガレキをじっくり見つつ）……この、折れてる材木は、家の柱か？　梁か？　うわ、窓枠がこんなにひしゃげて……。奥にあるのはつぶれた洗濯機か、冷蔵庫か………。いやいや、ガレキとはいうけど、こりゃあ元々ゴミじゃあない。半年前までは、生活の一部だったものだ。それが、一瞬にしてこんなことになるとは……。

いけないいな。テレビや新聞を見て、私はどこかで、もう半分終わったような気になってた。これは地球の裏側の出来事でもなく、百年、二百年前の出来事でもない。すぐお隣りで、今おこってることなんだな。

（思い出し）おっと、ここも大変だが、こっちも大変なんだ。お嬢様の体は日に日に弱ってる。早く、ひとめ惚れの相手を探さなきゃいけない。といって、どうやって探したらいいものか……（手をポン）うん、こういうのは決まってる。人が集まる場所で聞くんだ。てことは、銭湯か床屋さんだが……（見回す）……そんなものは、な～んも残っていない。困ったな。この町でなんとか再開してる店はというと……中古自動車屋に、宅配便に、コンビニ。……コンビニだ！」

なんとか再開にこぎつけた一軒のコンビニに、飛び込んだ。

「いらっしゃいませー！」

「おお、コンビニ店員の無駄な明るさってのは、ふだんよそよそしいけど、こういう場所だと妙に心強いなあ。……あのう、すみません」

「なんでしょう？」

「このへんで、立派で、優しくて、いい男の、ボランティアはいませんでしたか？」

「は？」

「早い話が、私の若い頃みたいな男のことで」

「それ、早いですか？　遠回りじゃないですか？」

「ボランティアですよ、ボランティア。ボランとティアで、ボランティア！」

「分けなくてもいいんですよ。たしかに、ボランティアの方にはずいぶんたくさん来ていただいて、助かっていますけど」

「テレビで採り上げられた人なんです」

「テレビでもずいぶんいろんな方が採り上げられました。その方の名前は？」

「なんでも、ケンとかケンイチとかケンジとか……」

「残念ですが、それだけではちょっと……」

「そうですか。じゃ、他をあたってみます（と帰りかけ）…あっ、何も買わないのも悪いですな。少しは現地にお金を落とさなきゃ……ん？　これは？」

「ハエたたきです」

「ほお、懐かしい。(手にとって、振ってみる)。そうそう、この安っぽいプラスチックの感触！」

「夏に、ハエがいっぱい発生しましてね。ずいぶんよく売れました」

「ああ、そうでしたか。じゃ、これ一本買います。軽いし」

というんで、じいはあちこちのコンビニを回って、人探し。でも、どこへ行っても手がかりがない。へとへとになって、何軒めかのコンビニへ……。

「このへんに、いい男のボランティアはいねえがぁ？」

「なんだか、なまはげみたいな人が来たよ」

「（相手の胸倉をつかみ）知らないですか？　テレビで採り上げられたんです！　お嬢様の体が大変なんです！　吊り橋効果なんです！　私の年金のためなんです！」

「お、お、落ち着いてください！　あなた、さっきも来ましたよ」

「へ？」

「それに、どうしたんです、両手に何本もハエたたきを持って。背中にも差して」

「行く店ごとにハエたたきを買っていたら、こんなになって……」

「そろそろ夕暮れです。そんな格好で『いい男はいねえがぁ？』なんて現われたら、子どもだったら泣いちゃいますよ」

「泣きたいのはこっちですよ…、何軒も何軒も回っているのに（泣き出す）、目指す相手は見つからない……」

「まあまあ、いい年をして泣かないでください。どうでしょう、ボランティアのことなら、ボランティア・センターで訊いてみたら？」

「ボランティア・センター？　それを早く言ってください！」

＊

高台の空き地の一画に急ごしらえの建物があって、そこがボランティアセンターになってい
る。夕方なので、各地で作業していた人たちが続々帰ってきてまして……。
（女性事務員が、鉛筆でいそがしく書き物などしつつ）「はい、ごくろうさまでした。じゃ、こ
このところにチェックを……はい、そうです。明日もまたお願いします。明日の作業は、また、
朝にお知らせしますので…（別のボランティアが帰ってきたので、その方向を見て）あ、おかえ
りなさい。うわあ、泥だらけ。おつかれさまでした！　ホント、助かります……」
そこへ、両手にハエたたきを持ったじいが、駆け込んでくる。
「いい男のボランティアはいねえがぁ！」
（女性事務員、じいを見て、……再び何事もなかったかのように、鉛筆を走らせる）
「……い、いねえがぁ……。（両手のハエたたきを、しだいにおずおずと下ろしながら）……い、
いないかな？　いい男の……、ボランティアの方を…、探しているん、ですが…、あ、ハエ！
（ぱしりと、ハエたたきで打ってごまかす）」
「なんの御用ですか？」
「あ、大変お忙しいところ申し訳ありませんが、実は人探しをしてるんです」
「どういう方を？」

「前にこの町でボランティア活動をした男の人で、泥だらけになったお宅の片づけを手伝ったとか」

「そういう方はいっぱいいらっしゃいますが」

「その様子がテレビで紹介された方なんです」

「そういう方も、何人かいらっしゃると思います」

「鼻筋がすっと通った二枚目で、名前がケンとかケンイチとかケンジとか……」

「ここには、おかげさまで本当にたくさんのボランティアの方が来てくれます。数が多いんで、急に言われても誰のことかわかりませんよ。それに、もしわかったとしても、個人情報はお教えできないんです」

「そんなこと言わずに教えてくださいよお！　お嬢さまの命がかかってるんです！」

「そ、そんな、詰め寄らないでください…わからないんですって…」

と二人が揉めている所へ、一人のボランティが帰ってきた。

「は～（ため息）……俺たちのやってることは、自然に対して無力だと悔しくなるなあ。前に来た時もそう思って、思わず涙ぐんでしまった。だけど、泣きたいのは被害にあった人たちの方だよなあ……」

「（耳をそばだて）ん？　聞き覚えのあるフレーズ……。（その声の方を振り向き）ガッチリした体型の、いい男……。あな、あな、あな、あなた！」

「なん、なん、なん、なんだ！」

「あなた今、前にも来たっておっしゃいましたね！」

「あ、ああ、来たよ」

「その時、テレビに取材されました？」

「ああ、された」

「やっぱり！　……（相手の顔を指でさわって確認しながら）鼻筋がすっと通った、二枚目で……」

「気持ち悪いな、この人は……」

「あなた、ひょっとして、名前はケンとかケンイチとかケンジとか？」

「……ケンスケ、だけど」

「スケかあ！」

「なんなんですか、あなたは？」

「見つけた。もう離さないぞ！　お嬢様のため、ひいては私の年金のためだあ～！」

＊

「……というわけで、旦那様、見つけてまいりました」

「ごくろうさま。さぞや大変だったろう」

「苦労しましたが、当人に会ってみると、東京からやってきた、ごく平凡なサラリーマンの方でした。たしかに立派で、優しく、いい男で……そして、独身でした」

「ほう。…それで、誰か心に決めたお方は?」

「いない、と」

「よかった」

「そこで私は、お嬢様が偶然テレビを見てという話から始めて、えんえんと、ハエたたきの話まで続けまして……」

「なんだね、そのハエたたきの話というのは?」

「いえ、それはいいんです。で、ぜひお嬢様に会って欲しいとお願いしたところ……」

「うん」

「いやだ、と」

「なに?」

「『そんなふうに一方的に言われても困る。こっちはそのお嬢さんを知らないどころか、見たこともないんだ』と」

「なるほど。おっしゃることは道理だな」

「そこで、『お嬢様の体は日に日に弱ってる。被災地で人助けをするのも大切ですが、一人の人間の命を救うのも大切じゃありませんか?』と説得して、お連れしました。いま、控えの間で待たせてます。さ、さ、早く、お嬢様にあわせましょう」

「いや。待っておくれ、じい。……これはちょっと心配だぞ」

「と、申しますと？」

「いいかい。娘としては、恋焦がれた相手が目の前に現われるんだ。そりゃ、嬉しいはずだ」

「でしょう？」

「ところが、その相手は無理に連れて来られたんだ。もし、そっけない態度だったら、どうなる？　娘はむしろ、会う前よりガックリきて、病状が悪化するかもしれない」

「たしかに！　……あわわわ、どうしましょう？」

＊

その頃、控えの間では……
ケ「ったく……。人を呼びつけておいて、いつまで待たせるんだよ。……（周囲を見ながら）鎌倉の旧家か……。ずいぶん贅をつくしたお屋敷だな。どうせ、こういう金持ちの娘だ、贅沢好きで、わがままで、たぶん不細工に決まってる。まあ、人助けだっていうから会うだけは会うけど、顔を見せたら、さっさと帰ろう」
と思ってるところへ、主人とじいがあいさつに来る。
主「このたびは、突然お呼び立てして申し訳ありませんでした。当家の主人でございます」
ケ「あ、こ、これは、どうも、ご丁寧に」
主「話は、ここにいる、じいからお聞き及びのことと思います。娘かわいさの親馬鹿とお笑いになって結構です。しかしなんと言われようと、娘の体が心配なのです。いろいろ思う所はございましょうが、どうか今日だけは、娘に、笑顔の一つもお見せになっていただきたいと、このように、お願いを（頭を下げる）」

ケ「い、いや、頭を上げてくださいよ。……ま、そりゃ……、笑顔くらいなら」

主「ありがとうございます」

じ「私としてはですね、会っていきなり、『愛してます！』と言ってほしい」

ケ「そんなことできるわけないじゃないですか！」

＊

なんて打ち合わせをして、三人は、お嬢様の部屋に。

（ドアノック）「お嬢様、じいです」

「どうぞ」

元々美人のお嬢様ですが、ここのところ寝込んでいたせいで、やつれぎみ。そこへ、今日はお客さんがみえるというので薄化粧。それがやつれた表情に映え、かえって凄みを増した美しさとなっている。

そのお嬢様が、じいの後ろに立っている青年を見て、驚いた。

「あ！」

お客さんとは聞いていたけど、まさかそれが、恋焦がれ、寝込んでしまうほどの相手とは！

お嬢様はあまりの感激に、

嬢（震える）「あ、あ、あ、あ……どうしよう、私。か、体が、震えて……」
ぶるぶると震えがくる。（以下、ずっと震えます）
じ「お嬢様、落ち着いてください。そんなに震えないで」
嬢「……で、でも……、とまらないんです……」
じ「ああ。人はあまりに感激すると身震いするっていうけど、本当なんだな。どうです？　男として、こういう女性をガッチリと受け止めてやっては……」
と青年の方を見ると、
ケ（震える）「あわわわ……。こ、こんなきれいな人、見たことがない……」（彼も、以下ずっと震える）
じ「ありゃ、こっちも震えてる」
嬢「い、い、一度お会いした、かったんです……」
ケ「あ、あ、あ……『愛してます！』」
じ「あ、いきなり」
ケ「こ、こ、こ、こちらこそ、お会いできて、こ、こ、光栄です……」
嬢「う、嬉しい……せめて、お手を……」
とお嬢様が手を伸ばす。
ケ「は、はい……」

応えて、青年も手を伸ばす。重ねた手と手……と、いきたいのですが、

(両者が差し出す手と手、共に震えてるので、すれ違う)

嬢「あ、あ、あ……」

ケ「う、う、う……」

嬢「あ、あ、あ……」

ケ「う、う、う……」

じ「なんですか、それじゃいつまでたっても手が握れない。どれ、私が」

(じい、両者の手を取って合わせる。と、それを握っているじいも震える)

じ「あわわ……私も感激してきました」(じいも、以下ずっと震える)

と三人で、ぶるぶるガタガタ震えだした。

じ「これから、お二人、幸せな家庭を、築いてください」

ケ「それは、嬉しいん、だけど……」

嬢「こんなに、震えてる、私たちで、大丈夫、かしら……?」

主「ああ、きっと大丈夫だ。うまくいく」

じ「旦那様、どうして?」

主「これが本当の、吊り橋効果だ。大地も人も、震えたあとには、幸せが来なくちゃいけない」

◎解説対談 六　花緑×青銅

青銅「ぼくには、三・一一の震災直後で、人が描けなかったっという忸怩たる思いがあったんです。『地震をやっぱり扱うべきだ』と。花緑師匠の言葉もあって、最初の会は四月二十三日に演ったのですけど、擬人化で、まぁ言い方悪いけど、逃げたって感じが、ぼくはちょっと残っていました。
　で、師匠に『夏に、もう一回演りませんか？』って声をかけて頂いた時に、『もう一回ちゃんと地震のことを、人で演った方がいいンじゃないか？』って持ちかけて、師匠も『そうですね』って言ってくださったのですが、途中で書けなくなりまして」

花緑「あ〜」

青銅「師匠に直ぐ電話をして、『途中まで出来てて、まあ、大体ほぼこんな噺で、オチも出来てるンですけど、何か書けないンですよね』って。で、震災の現地に、実はぼくは行って無くて、『行ったことが無い人間が、こういうの書いてて、いいのか』って、そんなことで書けなくなったのかなぁ……。
　で、師匠がほんとに凄い。そのちょっとあとに電話をくださって、ちょうど仙台の落語会があって、あの時。八月ぐらいですかね。
『仙台の落語会があるンで、藤井さん一緒に行きませんか？　現地で案内してくださる方を、手配しましたンで』
『そうですか？　行きましょう』って、一緒に行って石巻と女川までね、案内して頂きました。震災の半年後で、もう夏が終わりかける頃、夏草が茂ってて……」

花緑「ローマの古代遺跡でも見ているかのような感じだったンです」

青銅「建物は、まだボロボロのままだけど、草はもう茂りはじめてるみたいな感じで」

花緑「家の中のものとか、いろんな物が撤去されてて、今にして思えば、ちょっとびっくりする程……、テレビで観てたものよりも、かなり整理をされていた時でした」

青銅「そのとき案内してくれた現地の方に言ったのですが、『落語にして、大丈夫ですかね？』って、最初に演るって決めておきながら、今更現地の方の気持ちが気になったンで……。『落語にするンですけど大丈夫ですか？』、笑いはあるけど、笑いものにするわけじゃないです、と。その現地の方が仰ったのは、『いや、いいんです。何でもいいから取り上げてもらうことが、嬉しいンです』と、『忘れてほしくないンですよ』って仰って、半年後でこっちは忘れたなんて思っていないじゃないですか。だけど現地の方は、そう思ってらっしゃるとわかったの。『ああ、落語にしていいンだ』と思って、それで帰って来て書けるようになった、不思議なことに。それで最後までかけました」

花緑「取材の成果を、入れたところありました。じいやが捜しに行くンですよ」

青銅「そうそう、ハエ叩きですよ（笑）。現地に行ってコンビニに入ったら、ハエ叩きが売っていていた。ハエが大量に発生してるって、ニュースでは知ってましたけど、普通のコンビニでハエ叩きって、最近は見ないじゃないですか？」

花緑「ハエ叩き、必要だったンですよね。台本でじいやが、ハエ叩きを背中に差している」

青銅「これを演ったあとに、あるお弟子さんが感想を言ってくださって、『藤井さん、あれ、現地行ったでしょ？』」

花緑「う〜ん」

青銅「彼は何度も行ってたらしいですね。『何がどうってことも無いけど、でも、行ってて書いてるって分かりました』って言って、『ああ、凄く良かったな。行って良かったな』と思いました」
花緑「これは、古典落語の崇徳院……」
青銅「そうそうそう、……思い出すな。このとき辛かったことを思い出すな」
花緑「つらい記憶が……。だから、ぼくもそのあとですよ、仮設住宅、NHKの番組で行きましたし、また別に鵜住居ってとこで、猫八先生と演歌の人と一緒に、学校の体育館みたいなところで、演りました。そしたら、セキレイって鳥が演ってるときに飛んできたンですよ」
青銅「へぇー」
花緑「ぼくの高座のときに。鳥の意味が繁栄じゃないかな、凄くいい意味なんですよ、その鳥が」
青銅「ああ、セキレイ、そうですね」
花緑「お客さんとぼくと間の床にとまったんですよ。全員で、観たんですよ。『これ、凄いよ』、『鳥まで入って来ちゃった』、『今日、ぼくがトリですから』、いろんなこと言いながら（笑）、これで結構盛り上がって、凄く歓迎されているような感じがしましたねぇ。で、二席演ったんです。『初天神』と『ちりとてちん』。だから、現地行って演る落語もね、凄く考えるンですよ」
青銅「ですよね？　そうでしょうね」
花緑「変に人情噺もなんだし、笑えるのがいいと思って、『ちりとてちん』、腐った豆腐を食べる噺と、『初天神』は親子の噺だけれども、まあちょっと日常な噺ですが、ま、ちょうどそのときに、ボランティアで、どっかからね、かき氷を、そこで売ってたンですよ。いや、売ってない。タダだ、無料で配布してたンですよ。そんなんで屋台の噺がいいなぁと思って……。
　やっぱり、震災と落語ってのは、いろんな人が行って演ったり、今でもそういう人たちに向けての落語会はありますけど、本当にそれ自体を題材にした噺というのは、思い出深いものがありました。

文字に残すには、凄くいいと思いますね」

青銅「当時の思いが分かりますからねえ」

『アリのままで』

（初演2014年12月31日「笑ってサヨナラ2014」ニッポン放送）


昔は子どもに何かを言い聞かせるのに、お話を使いました。

「金坊、お前はどうしていつも遊んでばっかりなんだ」

「だって、遊んでると楽しいもん」

「遊んでばっかりだと、大きくなって困るぞ」

「困んないも〜ん」

「よし、じゃ、お父さんがお話をしてやろう。な、『アリとキリギリス』っていうんだ」

「ふ〜ん、どういうの？」

「アリっているだろ？　アリンコだ。アリは夏の間せっせと働いて食べ物をたくわえてる。ところがその時、キリギリスはのん気に歌ったりバイオリンを弾いたりして遊んでるんだ。『アリ君、きみはなんでそんなにあくせく働いてるんだ。アハハハ』とな。

やがて季節がめぐり、冬になる。アリは夏の間にたくわえた食べ物があるから大丈夫だけど、キリギリスは夏遊んで過ごしていたので、食べ物がなくて、死んでしまう。

つまり、若い時に遊んでばかりで、働いたり勉強しておかないと、将来大変なことになるぞ……という教えだ」

「そうかぁ」

「だから、そんな風にならないよう、頑張って勉強するんだよ」

「うん。ぼく、頑張る！」

「ああ、子どもは素直だ。すぐに言うことを聞く」

……となったのは、昔の話。今は違いますよ。

＊

「金坊、お前はどうしていつも遊んでばっかりなんだ。お父さんがお話をしてやろう。『アリとキリギリス』っていうんだ」

「ああ、アリキリ？」

「アリキリ？　略すなあ」

「お笑いコンビの『アリtoキリギリス』のこと？　石井の方は三谷幸喜の芝居に使われて、今もドラマとかに出てるけど、相方の石塚は、最近見ないね」

「い、いや、そうじゃない。イソップ童話の『アリとキリギリス』だ」

「ああ、あっちの方ね。お父さん、あれは正確には、童話というより、寓話だよ」

「ぐ、ぐうわ？　って？」

「例えばなしで、人に何かを教えようっていう物語文学のことを『寓話』っていうんだ。たしかに、大人が子どもに話すにはピッタリだね。さ、続けて」

「う……。では、つ、続けます。えー、アリは夏の間せっせと働いているけど、キリギリスは歌ったりバイオリンを弾いたりして遊んでる……」

「お話の途中ですが、お父さん、キリギリスってそんなに歌ったり遊んだりしてるイメージある？」

「ま、秋の虫だってことはわかるが、そんなに遊びほうけてるイメージはないな」

「でしょ？　だって、これ、元々のお話はキリギリスじゃないんだ」

「え、そうなの？」

「イソップってのはどこの人か知ってる？」

「イ、イギリスとかじゃないのか？　あ、ドイツだ！」

「ドイツはグリム兄弟。お父さん、イソップとグリムを混同してるね」

「すみません」

「イソップは、紀元前六百年くらいの、古代ギリシャの人だよ」

「そんな昔の人なのか！」

「だからイソップが集めた話は、ギリシャとか地中海が舞台になってるんだ。元々のタイトルは『アリとセミ』」

「セミって、あの夏にやかましく鳴く？」

「そう。だから、夏に歌って遊んでるって話になるんだ。秋の虫のキリギリスじゃ、おかしいでしょ」

「そう言われればそうだな。いや、何十年も生きてて気付かなかった。……で、どうしてセミがキリギリスになったんだ？」

「ギリシャで出来たこの話が、やがて北ヨーロッパに伝わった。ところが、アルプス山脈を越えた北の地方にはセミがいない。そこで、北国でも馴染みのある虫・キリギリスに変えられたんだ」

「ほう……」

「英語ではグラスホッパーとなってるから、まあ、バッタだね。そこ経由で、日本に入ってきた。この話を紹介した福沢諭吉は、最初『アリとイナゴ』って訳してるんだ」

「へえ〜。あの、一万円札の福沢諭吉が？　おい、母さん！　お前もこっちに来て、一緒に聞いたらどうだ。ためになるぞ」

「でもまあ、イナゴは鳴かないから、いつのまにか鳴く虫のキリギリスになったと言われているんだ」

「へえ〜、そうなのか。知らなかったなぁ」

「このぐらいのことは、ウィキペディアにも出てるよ。お父さんも、ネットでグラビアアイドルの画像ばかり見てないで、こういうページも見た方がいいよ」

「よ、余計なお世話だ！　母さん、もういいからあっちへ行け！」

「でね、この話には結末が何パターンかあるんだ」

「え？　キリギリスは食べ物がなくて死んでしまうんじゃないのか？」

「それが一つ。でも、その結末だと、子どもに聞かせるのには残酷だと誰かが言ったのかな。アリが食べ物を分けてあげ、キリギリスが感謝の涙を流し、心を入れ替えて働くようになる……っていうのもあるんだ」

「なんだか説教臭いな」

「だよね。昔のディズニーのアニメでは、食べ物をもらったお礼の意味で、キリギリスがバイオリンを弾いてあげるって話になってる。でも僕は、そこには隠された意味があるんじゃないかと思うな」

「それは、どういうんでしょうか、先生？」

「つまりさ、アリがせっせと働いてキリギリスに食べ物を貢げば、キリギリスは夏も冬も、ずっと歌って、バイオリン弾いて、遊んでくらせるってことでしょ？　つまり、アリとキリギリスは元々身分が違うんだ。アリは、しょせん、アリ。アリはアリのままで、大それた夢なんか持つな……ってことだ。


　アリのままで、地べたをはいずり回って、働け！　働け！

アリのままで、小市民でいろ！

アリの～ままで～　格差社会を受け入れろ！　ワーッハッハッハッ！（デーモン風）……（コロッと可愛く）っていう話なんじゃないかな」

「そ、そんなダーティーな話だったのか!?」

「だから、そんな格差社会に負けないよう、頑張って働くんだよ」

「うん。父さん、頑張る！」

「ああ、大人は素直だ。すぐに言うことを聞く」

◎解説対談 七　花緑×青銅

青銅「これも『笑ってサヨナラ』というニッポン放送の番組。二〇一四年の演目が、『いいとも屋』、これは『笑っていいとも！』が終わった年で、タモロスとか言われていたそうですが、そんな人は誰も現れなかったという……（笑）。『アリのままで』は、『アナ雪（アナと雪の女王）』ですね」
花緑「あんなに流行ったのは、驚きですよね」
青銅「それから、『赤サンゴの約束』という珊瑚をごっそり獲っちゃう人たちがいた噺。で、これは前の前の年からですけど、『パラダイスシアター』。この本ではもっと後に出てきます」
花緑「一番最後ですね」
青銅「で、これは『アリのままで』」
花緑「これは、『桃太郎』という古典落語が元になってます。素直な昔風の子供と、現代の子供、こまっしゃくれていて、親に意見をするぐらいの子供の噺の現代版（笑）」
青銅「こういうのは、割と演りやすいですか？」
花緑「これは、楽ですね」
青銅「非常に型が、分かってますもンね？」
花緑「ただ、ウンチクが確かに難しいので、これおぼえようと思ったら、大変な（笑）……、短いからあれですけど。ぼくの台本には六分四十秒って書いてありますね」
青銅「ああ、やっぱりみんな七分ぐらいあるンですね」
花緑「でも、この最後の、『アリのままで』って言うところの理由が、凄いですよね？　『アリは小市民でいろ！』って（笑）、『アリのままで』って（笑）。夢も希望無い噺になって（笑）」

青銅「これ録音したときのミキサーさんが、女の子だったンですけど、そのミキサーさんが、『そういうことだったンだぁ』って（笑）、嘆いていた」

花緑「何かこう、気持ちが上がっていけない（笑）」

青銅「負組として、『あぁぁ……』みたいな（笑）。がっくりしてました」

花緑「キリギリスは、元々上流階級なんでしょ？　元々遊んで暮らせる。バイオリンなんか、ずぅーと弾いていられるという（笑）。この解釈が、おかしくて、……これおかしかったですね」

『外為《がいため》裁き』（国際金融落語）

（初演２０１２年3月17日「世界は落語だ！　リターンズ」草月ホール）

【登場人物】

◎エン之助（¥）……高い木の上に登って、降りられなくなった男。
◎だらぁの旦那（$）……下にいる男。語尾に時々「だら」がつく。
◎裕郎（ゆうろう）（€）……同じく下にいる男。
◎**元**さん……同じく下で、通りかかった男。
◎奉行……奉行

（まくら）

○落語は、なにもない所を想像して楽しむ芸です。だから、落語好きは頭のいい方が多い……ということになってます。ホントかどうか、知りませんが。

○これからやるのは、ふだんから日経新聞とか読んでいる、教養レベルの高い方のための落語です。もし何言ってるかわかんなくても、見栄で笑っておいた方がいいと思います。

○人は、一つのことにガーっと集中していると、他が見えなくなりますね。で、ある時「ハッ」と気がつき、「俺は何をしてるんだろう?」と思う。

○時々、高い場所に登って降りられなくなった「鉄塔男」とか「煙突男」という、人騒がせな連中が出現しますけど、あれもそういうものでしょう。

○あれは、登る時にはなにか理由があるんですね。
単純に「高い場所から遠くを見てみたい」とか、
あるいは「高いとこから飛び降りて自殺してやる」とか、
「振られた女の悪口を言ってやる」とか、
「大騒ぎになれば、出て行った女房が帰ってくるかもしれない」とか……。

○本人は思いつめてるから、途中、危険だなんて思わないんですね。
で、高い場所にたどり着いて、ふと我に返ると、急に恐くなる。

で、「助けて～！」となるわけです。

○自分で登ったんだから自分で降りられるだろうと思うんですが、あれができないんですね。結局、消防団の人とが出動して、大騒ぎになる。

○で、ここにも、そんな高い場所に登ってしまった人がいまして……。

×　×　×

¥（木にしがみつき、時々下を見ながら）「エ～ン、エン、エン……こわいよう。高いよう。エ～ン、エ～ン……」

と、そこへ通りかかった男。

$「ん？　……なんだか、上の方で泣き声がするな」

¥「エ～ン、エ～ン……」

$（上を見上げ）「なんだよ。高～い木の上に、男がつかまって、泣いてるよ。子どもじゃない。大人だ。なんだか、みっともないなあ。

おーい！　そんなとこで、なに泣いてるんだらあ～？」

三河の訛りは「じゃん・だら・りん」といって、語尾に「だら」がつく。この男、三河出身でもないのに、時々そういう言葉になる。
$「なに泣いてるんだらあ？」
¥「エ～ン、エン……下に、降りたいんです」
$「降りりゃいいじゃないか」
¥「そ、それが……こわくて、降りられないんです！」
$「ずいぶん高いから、そりゃ、こわいだろうけど……（ふと考え）しかし、自分で登ったんだら？」
¥「はい」
$「自分で登ったんなら、降りられるだろう？」
¥「そ、それが、登る時は、夢中になってたんですけど、いざ冷静になると、こわくて、こわくて……エーン、エン、エン、エン……」
$「泣くなよ。みっともないなあ、いい大人が」
¥「すみませんが、私を、降ろしてもらえませんか？」
$「降ろすといってもなあ（両手を上に差し出すが）……とても届かない。どうすりゃ……（キョロキョロあたりを見て）お、ちょうどいいとこへ、人が来た。おーい、ちょっと、そこの人！」
€「なんです？　……おや、こりゃまた、だらぁの旦那じゃないですか。語尾に不自然に『だらあ』がつく、だらあの旦那」

$「おう、誰かと思やあ、裕郎（ゆうろう）じゃねえか。お前だって、裕次郎じゃなくて、裕郎という不自然な名前」
€「そうです。あなたが、だらぁの旦那で、私が裕郎」
$「カンのいいお客さんは気付いたかな？」
€「まだ大丈夫でしょう。このままいきましょう。……で、どうしたんです？」
$「いやさ、さっきからこの木の上の高いとこで、泣いてるやつがいるんだら」
€「え？（見上げる）……ああ、たしかに。お～い、どうしてそんな高いとこにいるんだ～？早くおりてこ～い」
¥「私だって、いつまでも、こんな高いとこに、いたくはないんです。下に降りたいんですが、降りられないんです。エ～ン、エ～ン……」
€「泣いてますね」
$「泣いてるだら」
€「困ってんでしょうね」
$「困ってるだら」
€「私が裕郎で、あなたが、だらぁ」
$「そう。俺がだらぁで、お前が裕郎。……だらぁ、裕郎。……だらー、ゆうろう。……ダラー、ユーロ」

€「で、上にいるのが?」
¥「エ〜ン、エ〜ン……」
$「円の野郎だよ」
€「ずいぶん円高ですなあ」
¥「エ〜ン、エ〜ン……もっと私を、下におろしてください」
$「ここんとこ、円高が続いてるからなあ」
€「こないだまでは、もっと高いとこにいましたね」
$「ああ。だいたい、あのあたりの相場をうろうろ上下してる」
€「きっと、高いのが好きなんでしょうね」
¥「そんなわけないですよ!」
$「そうかい? だいたい、エン之助なんてのは、高いとこに上がりたがるもんだが」
¥「関係ないですよ!」
なんて言いながら、下にいるダラーとユーロは、相談をする。
€「(上を指し)で、どうします、あれ? ほっとく?」
$「いや、ほっとくのもかわいそうだ。もう少し低いところに降ろしてやろうじゃねえか」
€「でも、どうやって?」
$「どうだい、俺とお前で、肩車するってのは?」

€「あ、なるほど。じゃ、そうしましょう。だらぁの旦那の方が体が大きいんで、下に（肩に乗りながら）……私は、その上に……そうそう、そんな感じ……いいですか、まだ、立っちゃだめですよ。まだまだ……よし、乗った。立ち上がりましょう。せーのっと……（両手を上に大きくあげ）……協調介入！」
$「（下で支えつつ）どうだ？　届くか？」
€「届きません！　……降ろしてください」
$「（裕郎を下ろし）……いしょっと。駄目か。……協調介入失敗だな」
¥「エ～ン、エ～ン……早く降ろしてくださ～い」
$「うるせえな、ったく」
€「どうしましょうね」
$「いっそのこと、あいつが登ってる、この木を倒せばいいんだら？」
€「あ、そうですね。あれ？　この木……（木肌をたたき）……よく見ると、根元は二本ですよ」
$「そうだな。二本の木が、ぐ～っと伸びて、その上にエンの野郎がいる」
€「じゃ、この二本を倒せばいい」
$「日本（二本）が倒れれば、円もおっこちる。そりゃ、道理だ」
€「この木、太いけど……よおく見ると、中は、けっこう大きなウロが広がってますよ」
$「空洞化が進んでるんだな」

€「これだったら、斧で倒せるんじゃないですか」

$「おーし。やるか。俺のご先祖さまは、桜の木を切り倒して、正直に謝ったから褒められたこともあるんだ。いっちょやってやるか……」

¥「あ～、待って！　倒さないで！　もっと穏やかな方法で、私を降ろしてくださ～い！」

€「たしかにそうですね。こんな大きな二本が倒れたら、まわりが迷惑する」

$「そういや、裕郎の身内にも何人か、倒れそうなやつがいたなあ」

€「ええ。シャの野郎とかね」

$「シャ？　そんな身内いたかい？」

€「いるんですよ、これが。義理を欠いてるやつでしてね」

$「あ。ギリを欠いてるから、『シャ』ね」

€「とにかく、倒れるとはた迷惑だから、なんとか別の方法で解決した方がいい」

$「でも、どうしたら……」

と二人が思案していると、そこへ、もう一人の男が通りかかった。

$「お、そこへ行くのは元ちゃんじゃないか。おーい、元公！　元！」

元「ワタシを呼んだアルか？」

$「中華料理屋の元ちゃん。ちょっとあんたも手伝ってくれないかい？」

元「何を？」

$「見な、ずーっと上」
元「アイヤー、ずいぶん高いとこにいるアルね」
$「エンの野郎がね、もっと低い所に降りたがってんだ」
元「降りればいいアル」
$「それが自分じゃできねえから、困ってるんだ」
元「どうするアルか?」
$「どうだい。俺と裕郎がお尻を押すからさ、元は上に登って、エンの野郎を引っ張って降ろしてくれないか?」
元「駄目、駄目、駄目! ワタシ、高いとこ駄目よ」
€「そう言わずに。あんたも少しは高い所にいきなよ」
元「駄目。元は、ずーっと低いままがいい」
€「わがままだなあ」
元「わがままじゃない。ワタシはまだまだ足腰が弱いアルよ」
€「そうは見えないよ。最近ずいぶん羽振りがいいじゃないか」
$「そうだよ。なんか世界中でいろんなもの買いあさってるって噂だ」
元「そんなことない、ない。ないアルよ」
$「ないのかアルのかはっきりしろよ」

と三人は、「お前が高いとこに行け」「いや、お前が高くなれ」と大喧嘩。上の方じゃ、エンが「早く降ろしてくれ」と叫んでる。

まわりに野次馬がいっぱい集まって、人垣ができましてね。

「なんだなんだ？　何が始まったんです、バーツさん」

「お、ルーブルさん。そこでね、揉めてんですよ。ダラーとユーロと元と円が」

「はは。こりゃ面白い。おーい、みんなも見においで！　ペソに、ルピーに、ＣＦＡフラン！」

横っちょで犬も吠えてる。

「ウォンウォン！」

わあわあ揉めて、三人の体がドンと木にぶつかった。なにしろ、中が空洞になっているものだから、二本の木が、バリッ、バリッ、バリバリバリ……と倒れ、上にいたエンが、

¥「うわ、うわ、うわ、落ちる〜〜〜〜」

ドシーンと落っこちて、とばっちりをうけた野次馬たちもケガをする。

たいへんな騒ぎになった。いったい悪いのは誰かと、裁判沙汰になってしまいました。

＊

一同が連れてこられたのは、なぜか、お白州。

正面には紗綾《さやがた》型模様の襖。右手に公用人、左手に目安方がひかえています。砂利の上には「ごまめムシロ」という目の荒いムシロが敷かれて、その上に、だらぁ、裕郎、エン之助、元さんの

四人が座らされている……。
＄「なんだなんだ、急に古典落語みたになってきやがったぞ」
€「そうですね」
＄「これ、現代劇だろ。だったら、裁判所じゃないのか？」
元「ふつう、そうアルよ」
￥「今なら『逆転裁判』とか『ステキな金縛り』とか、いろいろネタはありますもんね」
€「まあまあ、なんかお白州でやりたい理由があるんでしょうよ」
＄「なんだよ、理由って？」
なんて言ってるところへ、襖がすっと開いて、お奉行様が入っていくる。
「へへー」（平伏）
「日本橋本石町《ほんこくちょう》・エン之助、赤坂溜池山王・だらぁ、南麻布・裕郎、元麻布・元さんの四名。おもてをあげい。……差し出したる願書によると、その方たち、往来で喧嘩におよび、集まった野次馬たちに怪我を及ぼした。これに相違ないか？」
＄「はい、そうなんですが、もとはといえば、元公が手伝わないから悪いんです」
元「なにを言うアルか。ワタシは高いとこが苦手なんだ！」
€「苦手でも、仲間が困ってるなら……」
元「いや。だいたい、高いとこに登ったコイツが悪い！」

¥「コイツとはなんです。私だって好き好んであんな場所に……」
とまたもや揉め始める。
「これこれ、この期に及んでまだ喧嘩するか。しずまれ。しずまれというに……」
最初はやさしくなだめていたけれど、やがて我慢の限界が切れ、
「静かにしろいっ！　てめえたち、この背中の彫物が目に入らねえか！」
奉行がパッと片肌を脱ぐと、そこに大きな数字が四つ。
金「9999の、フォーナイン！」
€「金さんだ！」
金「一番強いのは、金だ」
$「あ、これがお白州の理由かあ！」
金「いいか、よく聞け。てめえら、ドルだユーロだ円だ元だというけれど、しょせんはニッケルや銅の安っぽい金属。さらには紙っぺらにすぎねえ。いざという時、本当に頼りになるのは……有事の金だ！」
全員「へへー！　おそれいりました」
と全員が頭を下げる。
金「その方たち、世間を騒がせた罪として、全員に遠島を申しつける」
$「え、えんとう!?」

¥「島流しですか？」
元「アイヤー！」
€「ちょ、ちょっと待ってください！」
金「なんだ？」
$「おそれながら、お奉行様。お裁きにも相場ってものがあるでしょう？　たしかに、世間を騒がせたのは俺たちが悪い。だけどこの程度の喧嘩なら、お咎めなし……とは言わねえが、せいぜい罰金くらいが相場。遠島というのは、ちょっと重すぎるかと」
金「黙れ！　その方たちならわかるだろう。……相場は上下するものだ」

◎解説対談八　花緑×青銅

青銅「これは、問題作ですね」
花緑「問題作（笑）？　この本の中で一番回数を重ねて、演っている落語ですよ」
青銅「そして、夢にもそうなるとは思わなかった（笑）二〇一二年の一月にこの噺を書こうと思った。何故かと言うと、このときに一ドルが七六円とか七七円の大円高になったときで、もう世の中の、経済のことがよく分からない人も『円高、円高！』って言ってたときだったンです」
花緑「そうですね。円高でした」
青銅「で、三月の公演までに十円ぐらい下がっちゃったンです。八二、三円に。でも、まあ、相場から見ればね、当然、まだ円高なんですけど、何かそのときは、もうなんか円高終わったイメージの中で（笑）、演らざる得なかったという」
花緑「初演ということでしたよね」
青銅「で、他の噺でいろんな擬人化をやってますけど、例えば人工衛星であるとか、タワーであるとか、モノを擬人化するってのは分かりやすいンですけど、外貨を（笑）、形の無いものじゃないですか？　ドルとか円とか、元とか。紙幣とかでも無いわけですよ。もう、外貨という概念を人にするという訳ですから」
花緑「ですから、これは最も、そういう意味では、落語でしか出来ない」
青銅「で、演ってみて分かったのは、『難しいから誰も演らなかった』と（笑）、そりゃ、演らない訳だという感じで」
花緑「これ、ぼく、生で演ったときに、三席ぐらい同時に演った中で、一番評判よかった」

青銅「で、再演を一回ユーストリームで演ってンです。で、すっかり忘れていた二年後に演りました。オファーが来たンですよね」

花緑「まさかの」

青銅「最初に演った会場に外為関係、金取引関係の方がたまたまいらしてて、『おうっ！　ウチの業界にぴったりの落語があったンだ！』と」

花緑「再演は、落語会のお客さんじゃなくて、為替とか金融のお客さんに向けて、喋りました。で、落語って庶民の芸だから、お金に対する噺って結構ありますよね」

青銅「あります、あります」

花緑「『文七元結』だって、『芝浜』だって金を拾う。欲望の中でお金ってどうしても出てくる。他に『富くじ』で、宝くじが当たるって噺もありますけども、だいたい貧乏たらしいのが多いじゃないですか？（笑）あるお金をもっと増やそうという富裕層が、落語の貧乏たらしいものを好きになるか、どうか？　ぼくは、そこがちょっと心配でしたけどね」

青銅「そのあと三回演ってます」

花緑「三回演っているごく最近のところは、シーンとしてましたよ、何かね？」

青銅「それは、円安が進み過ぎてしまったから。この落語のオファーがかかり、演る度に円安になる（笑）。だから、毎回言うンですけども、日本の国が花緑さんを雇って（笑）、円安誘導したいときは、この落語会を開くっていうのが、一番いい」

花緑「円安に進む」

青銅「そうそう。財務省お抱え噺家としてね（笑）、『ああ、そろそろ円安にしたほうがいいぞ』ってときは、日銀が買ったりしなくていいンです。この落語会を開けばいいだけのことなンで、そこに気づいてないです。まだ、日本の金融界は」
花緑「今度、円安の噺を作れば、逆にいくかも知れない（笑）」
青銅「穴に落っこちて出てこないみたいな噺を作ると、どっちでも対応出来る（笑）」
花緑「必ず、お白州が出て来るンですかね？」
青銅「そりゃあ、そうでしょう『外為裁き』ですから。やっぱり最終的に、『金』がいいって噺になりますね（笑）」
花緑「オチが一緒なんだ（笑）。やっぱり、金なんですか？　最終的に同じ……、これサゲも同じでいけるンですか？　『上げ下げするもんだ』で？」
青銅「まあいいンじゃないですか。『上げ下げするもん』じゃないですか」
花緑「この噺、ぼくは演じ分けが非常に難しかったですね。四人が同時に喋るンですよ。そんなのを一言づつ切り替えて、もの凄くキャラ分けが大変でした」
青銅「しかも、全員外国人ですからね（笑）」
花緑「だらぁの旦那は隠居さん風に演って、エンは一番普通のオーソドックスな若い職人ぽくて、裕郎がいわゆる外人口調にして、元さんはちょっと中国の方のなまりっぽい、それが同時に（笑）、掛け合いは、演じるのがとても……」
青銅「何時もぼく観てて、『大変そうだなぁ』っと思いました（笑）。まあ、ここはぐちゃぐちゃになっていいシーンではあるから、滅茶苦茶でいいかっと思って」
花緑「そうそう、大した内容喋ってないです」

青銅「わぁわぁ言ってるって絵柄でいいかなっと思っているンですけど」

花緑「たまに自分で間違えるンですよね。裕郎とだらぁを間違えたり、どっちがどっちで喋ってもいいンだけど、ぼくの中で決めてるプランがどんどん崩れていくと、自分で勝手にパニックになっているかも知れないですね」

青銅「ああ、そうかも知れない。観てるほうは全然気にならないけど、ご自分はそうですね」

花緑「だって、ここを裕郎で喋って、だらぁで受けようと思っているとこを、だらぁで入っちゃったら、だらぁで受けるか？　って、そういうことになっちゃうンですよ（笑）」

青銅「あれ、あれ？　みたいな」

花緑「言葉のニュアンスとか、全部違うわけじゃないですか？」

青銅「確かに、確かに」

花緑「だから、とても大変。そういう意味で、大変だった」

青銅「大変申し訳ございません」

『なでしこ』

（初演２０１１年7月22日「世界ラクゴ化計画」竹書房デジタル事業部スタジオ）

※なでしこＪＡＰＡＮ、Ｗ杯優勝の五日後

【おもな登場人物】

◎生け簀《いす》割烹居酒屋の主人と、その奥さん

いまから、一月ばかり前のこと……。

「あんた、どうすんのよ」

「どうするって何だよ」

「ウチの店、お客さんが全然こないじゃないの」

「大丈夫だ。心配するな。ちゃあんと手は打ってある」

「やだよ、あんた。ここで手をパンと打って、『ほら？』なんて言うんじゃないでしょうね」

「そんなことはしねえよ。いいか、ウチは居酒屋だ。こう言っちゃなんだが、居酒屋なんて、世間にいくらでもある。ウチが繁盛するためには、『どうしてもこの店で』って、客を呼べる特徴がなきゃいけない」

「そうねえ」

「で、ぶっちゃけた話、ウチは料理の味で客は呼べねえ」

「ぶっちゃけたわねえ、ずいぶん」

「そこで、用意したのがこれだ。どうだ、見ろ！　で～んとでっかい水槽。これでウチは、生《い》け簀《す》料理の居酒屋になる！」

「あんたねえ、『どうだ』なんてイバってるけど、いまどき生《い》け簀《す》のある店なんて、そんな珍しくないわよ。こんなもんでお客さんが来るかしら」

「話はおしまいまできけよ。たしかに、いまどき生《い》け簀《す》なんて珍しくない。それは、中で泳いでるのがアジとかタイとかイワシだからだ。だけど、他の店の生《い》け簀《す》で見たことがないものが泳いでたら、どうだ？」

「あ、それは話題になるわ。いいわねえ。……他で見たことがないものって何かしら。う～ん……くじら？」

「くじらが入るかよ！　この水槽、二メートルくらいしかないんだぞ」

「切り身にすれば……」

「切り身は泳がないの！　だいたい、くじらを泳がせて料理したら、国際問題になるよ」

「そりゃそうね。で、いったいこの水槽で何を泳がせようっていうの？」

「ふふふ……。聞いて驚くな。……タコだ」

「タコ？　タコっていうと、あの八本足の？」

「そう」

「……あっきれた。あんた、いよいよバカをこじらせちゃったわね。タコなんてねえ、さっき言ったアジとかタイと同じくらい普通じゃない。そんなの珍しくもなんともない。そんなものでお客さん来るわけないわよ」

「たしかに、普通のタコなら、珍しくはない。だけど、特別なタコだったらどうだ？」

「特別なタコって？」

「去年の南アフリカ・ワールドカップのとき話題になった、パウル君ってタコがいただろ？」

「ああ、そういえば！　試合の結果をズバズバ当てたっていう予言ダコ？」

「そう。もうすぐドイツで女子サッカーのワールドカップがある。その時、ウチの水槽に、あのタコがいたらどうだ？」

「そりゃ話題になると思うけど……、でも、パウル君って死んだんじゃなかった？」

「実はな……（周囲をキョロキョロ、声をひそめ）誰も聞いてないか？」

「聞いてないわよ。客なんか誰も来ないんだから」

「……そうか。実はなパウル君が死ぬ前に、こんな貴重な予言ダコの血筋を絶やしてはいけないと、妙齢の美ダコをつかわしたんだ」

「美ダコ？　……ああ、美人ね」

「その美ダコが……（体をくねくねさせつつ）あぁら、ちょいとそこのおニイさん、いいオトコじゃない？　ねえ、あたしといいことしない？　……なんて言い寄って、色仕掛け。するとパウル君の方もオトコだから……（同く、くねくね）お、ナイス・バディじゃん。オレの好みのタイプ……って」

「ったく、男ってのは人間もタコも一緒ね」

「で、……（くねくね）おねえちゃん、いいイボしてるじゃないか。どうだ、オレの恋ダコにならないか？　……って」

「恋ダコ？　恋人ね」

「……というわけで、パウル君はこのタコとの間に子どもを残して死んだ。この時生まれたタコの赤ちゃんの中から育った一匹を極秘ルートで手に入れたんだ。今生《い》け簀《す》に入れるぞ、そうれ、よいしょっと」

発泡スチロールの容器から、一匹のタコが水槽の中に入れられた。すでにアジとかタイが泳いでいる生《い》け簀《す》の中で、タコは八本の足をひろげてゆらゆら降りて、すぐに、底に作っておいた人工の岩陰によりそう。

パウル君というのは、あれはマダコなんですね。外国人にとっては珍しい生き物かもしれないけど、日本人にとっては、ごく普通のタコ。生《い》け簀《す》にいても、違和感はない。

「どうだい、どことなく、普通のタコと違うだろ」

「そうかしらねえ、見たところ、普通のタコの八っちゃんだけど」

「なんてこと言うんだ。　このタコは、あの天才パウル君のご落胤《らくいん》だぞ。　いわば天一坊だ。　控えっ、頭が高いっ！」

というわけで、この居酒屋、生《い》け簀《す》を売り物にすることにした。

＊

「へい、らっしゃい。お客さん、なんにしましょう？　ウチは生《い》け簀《す》居酒屋ですから、お好きなものを料理しますよ」

「そうだな。（いけす見ながら）う〜ん……じゃ、あのタコ」

「あ、あれは駄目なんです。泳いでるアジでもサバでも、なんでも刺身にしますけど、あの天一坊だけは駄目なんです」

「天一坊？　たいそうな名前がついてるな」

「ええ、実は予言ダコのご落胤《らくいん》なんです」

「予言ダコ？」

「ほら、今度、女子サッカーのワールドカップに、日本代表が出るでしょ？」

「ああ、知ってるぞ。あれだろ……あやまんジャパン!?」

「なでしこジャパンです。（どうしてこう、すぐ腐るとわかってるネタを入れるかねえ。…すみませんし、作家のクセなんです。ぽいぽいぽいぽぽいぽいぴー！）このタコが、なでしこジャパンの勝敗を占います」

「ほう、面白いじゃないか。やってみてくれ」

「はい。グループリーグ第一戦の相手がニュージーランドですから……」

と水槽の中に、日本の旗とニュージーランドの旗を入れる。それぞれの前に箱があって、そこにタコの好物である貝の剥き身が入っている。箱のフタを開けると、タコがどっちの餌を食べにいくか、というやり方。

「これはもう、本家・ドイツのやり方と同じです」

「ほう、そうなのか」

「ええ、亡き父・パウル君から伝わった一子相伝の技でして」

「大層だな。やってみてくれ」

「はい」

というわけで、二つの箱のフタを同時に開ける。

すると、生《い》け簀《す》の片隅にいた天一坊は、最初はじっとしていたけど、やがて海水を伝わってくるうまそうな匂いにひかれて、するするっと餌のそばに近づいた。

日本とニュージーランド、二つの国旗の前でしばらく悩んでいましたが、やがて八本の足をにゅ〜っと延ばしてニュージーランドの方へ行きかけた……が、途中で止まって考え直したようで、ゆっくりと日本の方へ移動して、餌を食べた。

「おめでとうございます！　日本勝利です！」

「ホントかよ？」

「本当です。私が見るところ、いったんニュージーランドへも行きかけたから、これはたぶん、二対一ぐらいで日本が勝つんです」

「そうか。そりゃ縁起がいいな。余興にしても面白いじゃないか。気に入った、刺身盛り合わせをもう一つもらおうじゃないか」

「ありがとうございます」

「酒も、もう一本！」

「ありがとうございます！」

＊

と、この予言がピタリと当たって、なでしこジャパンは勝った。スコアも二対一とピッタリ。これが話題になり、居酒屋に来る客が増えた。

「ほう、これが占いタコかい」

「ええ。どことなく神々しいでしょ？」

「なんか、ドイツにゃパウル二世なんてのがいるらしいじゃないか」

「あれは、先代とは縁もゆかりもない。他ダコの空似です」

「他ダコ？　……あ、他人ね」

「その点、ウチのはご落胤《らくいん》ですから」

「そうかい。じゃ、次のメキシコ戦を、予言してみてくれ」

「いいでしょう」

今度は生《い》け簀《す》に日本の旗とメキシコの旗を入れる。餌のフタを開けると、予言タコはいったんメキシコに行きかけたものの、今度は凄い勢いで日本に行った。

「おめでとうございます！　日本勝利です」

「そうかい、そうかい。なんか気分がいいな。料理もっと持ってこい！　ビール追加だ！」

ワーっと盛り上がる。売り上げも増える。

＊

この予言もピタリと当たったから、居酒屋に来るお客さんが、さらに増えた。

「オヤジ、当たったたねえ」

「ええ。凄い勢いで日本に行ったから大差がつくなと思ってましたが、その通り四対一の勝利。沢がハットトリックでしたからね」

「いいねえ、沢。沢は凄い。うん、沢……そこのオコゼもらおうかな」

「なんで沢の話から急にオコゼを？」

「なんか知らないけど思い出しちゃったんだ。ま、いいじゃないか。これでグループリーグ突破だ。めでたいな。カンパーイ!」

店の中はお客さんでいっぱい。売り上げも増え、活気にあふれてる。

「この勢いで、次のイングランド戦も勝って、一位通過といこうじゃないか!」

今度は日本の旗とイングランドの旗を用意して、占った。すると、今回タコは躊躇なくイングランドを選んでしまった。

厨房の奥では女将さんが、

「ちょっと、あんた、なんでイングランドなのよ」

「なんでって、しょうがないじゃないか。タコが選んだんだから」

「せっかくここまで、お店の売り上げが増えてるんじゃないの。あれは予言が当たる当たらないよりも、タコが日本を選ぶから盛り上がるのよ。ここで外してどうするのよ。あ〜あ、ウチの繁盛もここまでだわ」

＊

ご存知のように、この試合、日本はイングランドに二対〇で負けた。この「負け」を予言したということで、タコはさらに大人気になった。

居酒屋には、予言タコをひと目見ようとお客さんが詰め掛ける。新聞の取材は来る、週刊誌の記者もくる。テレビのワイドショーは各局からリポーターが来る。生け簀《いす》の前にカメラを置いて、ユーチューブで、ユーストリームで、ニコニコ生放送で、世界に向けて発信される。

店の中はお客さんでごったがえして、たいへんな状態。

「押さないで、押さないでくださいよ！　あなたも、予言ダコを見に？　あたしもそうなんですよ。ま、ま、ま、一杯。（お酒ついで、自分も飲みつつ）　凄いですね、なでしこジャパン。いままで黙ってましたけどね、実は私、親戚なんですよ」

「ほう、沢選手の親戚？」

「いえ」

「宮間選手の？」

「いえ」

「キーパーの海掘選手？」

「いえ」

「じゃ、誰の？」

「タコの。私の六代前がタコと人間のハーフでして、それで頭がこんな風に」

なんてオヤジギャグが入り乱れる。

「あれですよ、あのタコですよ。ズバリズバリと当ててるのは。なんかこう後光がさしてる感じですね。ありがたいですね。拝みたくなっちゃう。（手をパンパンと叩いて拝んで、ついでにお賽銭を投げる）」

大将「ああ、お客さん。生《い》け簀《す》にお賽銭を投げ入れないでください！」

オヤジたちだけじゃなく、若いOLにも人気になって、

「知ってる？　この居酒屋、パワースポットなんだって」

「知ってる、知ってる」

「予言ダコの写真をケータイの待ち受けにすると、恋がかなうんだって（写メとる）」

と、なんだかわかんないことになってる。

「後ろむきでコインを投げると、もう一回この場所に戻ってこれるんだって（投げる）」

大将「だから、お金は投げないでください！」

女将「お客様、投げ銭はぜひ、こっちの箱へ」

と女将さんは商売上手。やがて……

「さあさ、みなさん、お待たせしました。いよいよこれから、決勝トーナメント第一戦・ドイツ戦を占います！」

ドラムロールがダラララ……と鳴って、生け簀《いす》にスポットライトが当たる。人気だから、だんだんショーアップされてきてる。

餌だって、今まではアサリの剥き身だったけど、今度はハマグリ。高級になった。

「どうでしょうね？」

「なにしろドイツは世界王者ですからね」

「ワールドカップ二連覇でしょ？」

「今度ばっかりは無理かもしれませんなあ」

みんなが見守る中、予言ダコは日本の旗とドイツの旗の前で、長いこと悩んだあげく、ゆっくりと日本に行った。

＊

ご存知のように、日本はドイツに一対〇で勝ったから、予言がまた当たったと大騒ぎ。居酒屋に来る客はひきもきらず。店に入りきれず、行列がずーっとできてて、

「あの、すみません、これは何の行列ですか？」

「予言ダコの居酒屋ですよ」

「ああ、あの！　私も見たいな。いいですね、今夜あたり、居酒屋で一杯やりながら予言ダコを見るってのは」

「今夜？　あんたねえ、いまからこの列に並んでも、店に入れるのは明日の明け方五時くらいだよ」

「五時！　……ま、いいか、昇る朝日を見ながら一杯やるってのも」

大変なさわぎ。

今回生け簀《いす》に用意されたのは、日本の旗とスウェーデンの旗。餌のフタを開けると、予言ダコはまたもや日本にいったから、お客さんはやんやの喝采。

＊

ご存知のように、日本はスウェーデンに三対一で勝った。これで決勝進出。予言がまた当たったと大騒ぎ。居酒屋は大繁盛。

「あのう、この列は？」

「予言ダコの居酒屋だよ」

「あ、そうですか！　私も並ぼうっと」

「いまからだとちょうど明日の夕方に酒が飲めるかもな」

「一日がかりの居酒屋ですか!?」

＊

そして、決勝戦前日。

「(小声）あんた、あんた。ちょっと……」

「なんだよ」

「対戦相手のアメリカって、強いんでしょ？」

「ああ。なにしろFIFAランキング一位だ。日本は今まで一度もアメリカに勝ったことがない。経験、フィジカル、テクニック、どれをとっても日本に分が悪い」

「でも、お客さんはやっぱり、日本の勝ちを予言してほしいと思うのよ」

「ま、それが人情ってもんだ」

「あたしもね、最近サッカーのニュースを見るようになって知ったの。沢って凄いのね。代理人も通訳もつけず、一人でアメリカに移籍したのよ」

「へえ」

「なでしこJAPANって、働きながらサッカーしてる子もいるの。昼はレジ打ちとか、旅館の仲居さんとか。みんな苦労してるのよ。勝って欲しいじゃない」

「お前……ずいぶんワイドショー見ただろ？」

「いいじゃない、そんなの。とにかく、予言ダコが日本を選んだら、あたしも嬉しいし、お客さんも取材のリポーターも喜ぶ。店は盛り上がって、売り上げも増える！」

「そういきたいねえ。けど、こればっかりはタコの予言だからどうなるかわからない」

「そこで、考えたの。ね、いくら予言ダコでも、しょせんタコはタコでしょ？」

「どういうことだ？」

「いつもと違う餌を使ったらどうかしら？」

「いつもと違う？」

「日本の旗には、タコの大好物、最高級で、ぷりっぷりの的矢《まとや》牡蠣をしこむ」

「うまそうだな。で、アメリカの旗には？」

「そんなの何だっていいわよ。腐りかけのバカ貝でもしこんどけば？」

「なるほど。それなら、タコは日本を選ぶな！」

ひどい連中もあったもので。その通りに仕込んで、店を開けた。

店は最後の予言を見ようと、押すな押すなの大繁盛。

やがて、「予言ターイム！」となって、いけすにスポットライトが当たる。

いつものように、水槽の中で、餌が入った二つの箱が開く。

お客さんは誰も知らないけど、今日は、日本の箱には最高級の的矢牡蠣、アメリカの箱にはバカ貝が入っている。当然、牡蠣の方がうまい……んですが、ここでちょっと考えてみてください。我々庶民は、いくら高級品でも、生まれてはじめてフォアグラやトリフュを目の前にして、はたして「うまそう！」と思うかどうか？　それよりやっぱり、食べなれた肉じゃがとかカレーライスの方に気持ちがいく。

人の道もタコの道も同じようで、この予言ダコ、二つの箱の前で、腕組みをして、じっと考えた。

「（くねくねした手で腕組みをこころみ）……う〜ん……。コッチ！」

と選んだのが、バカ貝。タコはアメリカ勝利を予言した。

「ああ、ついに日本は負けるのか？」

「いやいや、今度ばかりはタコの予言は外れてほしい」

「外れるか、当たるか？」

「当たるか、外れるか？」

と人々は大騒ぎになった。

＊

翌日。ご存知のように、日本は延長二対二の同点の末、ＰＫ戦でアメリカを下して、初優勝した！

日本中が、なでしこジャパンをたたえて大騒ぎ。スポーツ界、芸能界、政界、なんとアメリカのオバマ大統領からもお祝いメッセージが届く。

しかし、そんな中でただ一ヶ所、落ち込んでいるのが、例の居酒屋。

「あ〜あ…（ため息）」

「あ〜あ…（ため息）」

「そりゃ優勝は嬉しいけど……、肝心な時に外したから、ウチの店の信用ガタ落ちよ」

「そうなんだよなあ。ここ一番という時に、どうして外すかねえ」

「あんたと一緒ね」

「くそっ、腹が立った！」

＊

居酒屋のオヤジは腹立ちまぎれにタコを料理して、タコ刺し、酢だこ、煮物、たこ焼き、タコのカルパッチョ……和食・洋食・中華と、あらゆる調理方法で、タコをぜ〜んぶたいらげてしまった。

するとと翌日。食べ過ぎたのか、あるいはタコの恨みがそうさせたのか……、

「（お腹おさえ）いたたたたた……」

「あんた、大丈夫?」

「今朝からトイレに行きっぱなしだよ。くそう、あのタコめ。……今ごろになって、当たりやがった」

◎解説対談 九　花緑×青銅

青銅「これ褒めて頂きたいのは、『なでしこジャパン』がワールドカップで優勝してから、五日後に演ってるということですね」
花緑「はぁー、素晴らしいですね」
青銅「でしょ？　これ多分ね、記憶ですけど、ラストなでしこが優勝するかどうか分かんないから、その結果の前までの原稿を、師匠に先にお送りしたと思うンですよ。で、優勝したバージョンと準優勝バージョンを最後に付けますから――とか言って、お渡しした気がする。まぁ、なでしこは誰も出てきませんけどね、この噺には（笑）」
花緑「そうなんですよ。予言ダコの噺ですから」
青銅「タコの噺、タコと居酒屋の噺ですけど……」
花緑「そうなんですよねぇ」
青銅「でも、これは、噺の出来どうこうは、ちょっと置いといて、置いといていいのかってことも、それも置いといて」
花緑「はい、はい」
青銅「世の中で今話題になっているモノを、直ぐ落語にするってことも、意味が一つはあると思う。そりゃ、おぼえる師匠は大変なんですけども、でも、なでしこって、このちょっと前まで誰も知らなかったじゃないですか？　まさにこの戦いの途中でみんなが、『なでしこジャパン』であるンだって知っていった。これもまた震災が絡みますけど、震災でぐったりしてたときの三か月後、四か月後ぐらいですか、で、日本が元気を無くしてたときに、凄い元気をくれた人たちですよね？　もの凄く神々しかったですよね？」

花緑「神々しかったですよね」

青銅「ねえ。そのときに、それをすぐパッと落語に出来ると言うのは、ぼくは大事なような気がするンですよ。漫才でも、時事をパッと入れたりする人が居ますけれど、それを落語でやることに、ぼくは意味があると思った。師匠には大変なのは承知の上で、やりました」

花緑「これは、もう青銅さんありきでしか、ぼくはないと思いますよ。これだけの内容を書いてくださる方が居ないといけないので、まあ、噺家でも器用に自分で書く人がいますけど、でもそのとき、居ましたかね、なでしこを、言葉でちょっと入れる人があっても、一席まるまる噺にした人は、まぁ居ないでしょう」

青銅「この時点ではいないですね。今後もいないかも知れない。でも、そういうのも落語の良さで、それが残ろうが消えようか、それは分からないですけども、でもそのとき人が一番関心あるものを、パッと落語にして提出してあげるということも、ぼくはありなんじゃないかなって気があって。凄くずるいこと言うと、多少クオリティは低くても、そのときのものを使っている、鮮度があるっていうことですよね？」

花緑「はい」

青銅「というのが、ぼくはやりたかったンですよ」

花緑「でも落語って考えてみたら、最初はみんなそういうことで、はじまってた可能性がありますものね。だから、割と稚拙であっても、かなり笑えたと思います」

青銅「そうでしょうね」
花緑「練るのは、それこそ、もっと後から」
青銅「後でいいわけですからね」
花緑「だから、もっともこれ、原点回帰というか、原点に近い発想かも知れないですね」
青銅「そんなものの幾つかが、残っていけばいいかなって、気がしますよね」
花緑「そうですね。ぼくはやっぱり青銅さん、面白いなぁって思うのが、なでしこを題材にしたのに、サッカーの噺にしないところが面白くって（笑）、予想ダコを連れて来てって言うか、みんなが見てるちょっと横の『これ面白いよね』って言う、その見つける目線が、凄く面白いなぁって思いますね」
青銅「あんまり意識せずにタコにしちゃったンだよな。何で、何でタコにしたンだろ？　よく分かんないけど（笑）。
　でもまぁ、サッカーの噺だと、分からない人も、まぁ居ることは居るだろうなって気もしますものね？」
花緑「これって居酒屋の夫婦の噺になると、妙に落語っぽくなるじゃないですか、演りやすくなる」
青銅「そうそう、落語っぽいです、これ」
花緑「ね？　これ全部サッカー少女ばっかりが、五人も、六人も、七人も、八人も出てきちゃたら、演じ分けが出来ないし……。そこは全く出て来なくて、みんなの頭の中にあるンで」
青銅「そうですね」
花緑「みんなが『なでしこジャパン』のことは十分知って得た上で、その周りの騒動だけで、実は噺を共有しているンですね」
青銅「そうそうそう」

花緑「サッカーも女子も、実は、皆の頭に絵があるってのが、面白いですね」
青銅「そうでしょうね。ぼく、今、ここに来るとき思い出して、そこの花屋さんで、撫子を買って来たのを思い出しました」
花緑「あーあ」
青銅「ここで演るンで、お店いって、『ああ、そうだ、今日、なでしこを演るンだと思って』」
花緑「そうだ、そうだ」
青銅「『これ、撫子ですよね?』ってお店の人に言ったら、『そうだと思いますけど』（笑）、花屋さんなのに分かんないのかって思って」
花緑「そんなのどうだっていいって?（笑）」
青銅「でも、撫子だと思って買って持ってきました。思い出しました。まぁ、落語にはこういう一面もあるってことですよね」
花緑「そうです」

『片棒家具屋』

（初演２０１５年12月31日「笑ってサヨナラ２０１５」ニッポン放送）

世の中にはたくさんの会社がありますね。小さい会社は小さいなりの、大きい会社は大きいなりのご苦労があるようです。

ここに、一代で大企業になった「家具」の会社がありまして、その会長さんが最近頭を悩ませているのは、「後継者をどうするか」という問題。ある日、側近を呼んで相談をします……。

「我が家は、男二人、女三人と子宝に恵まれておる」

「そうでございますな、会長」

「問題は、わしの次のリーダーを誰にすべきかだ」

「そうでございますな、会長」

「わしも年だ。いつ、ポックリいくかわからんしな」

「そうでございますな」

「嬉しそうに言うな！」

「あ、申し訳ございません」

「ま、普通ならば、長男がこの会社を継ぐべきだが……」

「はい。お坊ちゃんが小さい頃、私どもは『若！　若！』と呼んでおりましたが、その頃から、『この方は、将来会社を背負って立つ人材だと……」

「しかし、どうも頼りない」

「…人材ではあるが、頼りないと思っておりました。私も」

「我が家は長女の出来がいい」

「はい。お嬢様が小さい頃、私どもは『姫！　姫！』と呼んでおりましたが、その頃から、『この方は、将来会社を背負って立つ人材だと……」

「しかし、どうもクールすぎる」

「…人材ではあるがクールすぎるなあ～…と思っておりましたよ。私も」

「(ため息) は～、誰に継がせるべきか…」

「どうでしょう、会長。お一人ずつ呼んで、今後の経営方針を聞いてみては？」

「おお、それはいい。試してみよう」

＊

「お父さん、お呼びですか？」

「うん。お前も長男として、うちの会社をよく助けてくれる」

「当たり前じゃないですか」

「しかし、ここのところ売り上げが落ちておる。世の中不景気で、最近はなかなか、ウチの高級な家具を買ってくれんのじゃ」

「そうですね」

「お前なら、今後どうする？」

「はい。お父さんは、会員制というやり方で我が社を大きくしました。お客様に店員がぴったりマンツーマンでくっついてご案内をするやり方も、うまくいきました」

「最近、それがうっとうしいという客も増えているようだが……」

「とんでもありません！　お父さんのやり方は絶対です！　私なら、それをさらに進めます」

「というと？」

「完全会員制の超高級家具屋です。入り口でチェックして、会員以外は入れません。会員カードを見せて、合言葉を言って、念のため指紋認証もします」

「スパイ組織だな」

「選ばれたお客様だけを相手にするんです。そこらのビンボー人に来てもらっては困るので、店の看板も出しません。場所も秘密にします。一見パッとしない駄菓子屋の裏口から中に入ると、そこはもう夢の世界！　ふっかふかの絨毯、豪華なシャンデリア！　とびきりの美女がウェルカムドリンクで迎えてくれる！」

「秘密倶楽部だな、まるで」

「接客も、マンツーマンなんてものじゃない。一人のお客様に五人がピッタリと寄り添う」

「五人も?」

「一人は商品説明。一人は手を引いてくれる美女。一人は肩を揉んでくれるマッサージ師。一人は『旦那、最近お見限りですね』なんてヨイショする太鼓持ち」

「はぁ〜……(数えて)もう一人足りないな」

「もう一人は、お客様がクシャミをした時に、鼻をかんでくれる役目」

「用意周到だな」

「そうやって店内の家具を見て回っていると、横っちょから現れるのが、羽根飾りをつけたサンバ隊だ」

「サンバ隊!?」

「お客様を退屈させないよう、電飾キラキラの山車と共に、店内を練り歩いてるんです。(サンバ・ホイッスルのリズムで)ピーピピ、ピピーピ……『アミーゴ!』『グラッシアス!』」

「とても家具屋とは思えないな」

「ええ。家具屋の概念を越えるんです。見上げると、山車の上には、LED電球で飾り付けた巨大なお父さんの人形が、片手に電卓を持って……」

「もういい、お前はあっち行け! 長女を呼べ、長女を!」

＊

「お父様、お呼びですか？」

「お前なら、将来ウチの会社をどうする？」

「はい。会員制とかマンツーマン接客とか、お父様のやり方はもう古いです」

「な、なに！」

「これからは、若者向けにライトな家具屋にします」

「それは、長年のわしのやり方に反抗するというのか？」

「はい。しかも、それを世間に堂々と公表します」

「な、なんと！　（怒る）お、お前は、親にはむかうのか！」

（声ひそめ）「ですから、お父様、それは表向き」

「ん？　どういうことだ？」

「私がそう宣言すれば、マスコミはどう反応します？　『父と娘の親子ゲンカ』『お家騒動』と囃し立てるでしょう」

「だろうな」

「世間が騒ぐたびに、ウチの会社の名前が出ます。有名になります。そうやって、よきところを狙って、仲直りします。『ああ、やっぱり親子の情は強いんだな』『よかった、よかった』と世間がほっとしたところで、『お騒がせしてすみません・お詫びセール』を行います。そうすれば、お客様がドッと……」

「はぁ～、さすがお前はクールだね。いや、我が娘ながら恐ろしい」

（声ひそめ）「ただし、これが表に漏れてはいけません」

「たしかに」

「ですから、これからお父様とは絶縁状態に入ります」

「え？」

「電話もしません。会いません」

「え～～？　いや、それは寂しいじゃないか。親子なんだから」

「家にも帰りません」

「そんなこと言わないで、たまには家で一緒にご飯を食べようよ。こっそりと帰っておいで。週に一度……とは言わない。そうだな……せめて、月に一度は帰っておいで」

「帰りますとも。だって私は、家具屋姫」

◎解説対談十　花緑×青銅

青銅「二〇一五年のニッポン放送の番組『笑ってサヨナラ』からで、『片棒家具屋』。他のネタは『パクリ判定士』、これはオリンピックのエンブレムのパクリですね。どこまでがパクリで、どこまでがオマージュで、どこまでがトレースでとか言うようなことです」
花緑「その判定士が居るという」
青銅「そう、判定士ですね。さらに別のネタ『たいこラグビー』ては、ラグビーの五郎丸が話題になったので、幇間がラグビーをやるようなことですね。で、『パラダイスシアター』、もうこれは定番になって、この番組の中の『芝浜』という扱いになってます。この『片棒家具屋』は、今この本を読む方は、まだ記憶に新しいから分かるでしょうけど、あのぅ、某大塚家具の（笑）」
花緑「某大塚家具の、今のＣＭは、面白いですね。『入りやすくなりました』って」
青銅「そうそうそう」
花緑「これ、逆手にとって、もの凄いもんですよ。『わーい』なんて言って、家族が出てくる明るいＣＭになっているのがイイですね」
青銅「だから、これに書きましたけど、壮大な宣伝だったンじゃないかな（笑）」
花緑「親子喧嘩と見せ・か・け・てぇ〜（笑）」
青銅「実はね」
花緑「そうそうそう。普通に娘に渡してよかったものを、ここまで」
花緑「凄いですね。で、まあ、古典落語にある『片棒』ですね」

青銅「『片棒』ですね」

花緑「あれは、お父さんがケチで自分が亡くなったら、どういう葬式を息子たちは出すだろうって、三人の息子を呼ぶっていう。長男と次男は、お祭り騒ぎで、どうにもならない。で、三男が逆にケチを継ぎ過ぎちゃって（笑）、『片棒はおとっつぁんが担ぐ』みたいなことで」

青銅「割とこのシリーズって、古典を分かりやすい形で入れてたりしますね」

花緑「これは上手くはまりましたね（笑）」

青銅「オチが分かりやすいから、いいですね、これね」

花緑「そうですね」

青銅「ぼくこれ、気に入ったシリーズですね、この中ではね」

花緑「これは演るのもそうなんですけど、文字で読んでもらって面白いンじゃないかな？」

青銅「でも、これ聴くと、師匠のサンバのところ、面白いンですよ（笑）。観てて」

花緑「はっはっは、そうですか？」

青銅「うん、面白かった。『どう演るのかなぁ〜』って観てたら、『あっ、面白いや』と思って（笑）」

花緑「ハッハッハ、演らなきゃいけないから、大変で。（サンバホイッスルのリズムで）って脚本に書いてある（笑）。読む人は、そう思いながら読まなくちゃいけないですね（笑）」

『芝烏《しばがらす》』

（初演2012年8月23日「落語なう！」D&デパートメント東京店）

【登場人物】

昭和三十三年（1958年）十一月

◎男……芝あたりのアパートに住む。サラリーマン。

◎その妻……その妻。

◎ケンイチ……二人の息子。小学生。少年野球に夢中。

◎烏の紋次郎……小ガラス。ケンイチに助けられた。

◎監督／審判

平成二十四年（2012年）七月

◎工事の職人／親方

（まくら）

◯古典落語の世界ってのは、だいたい江戸時代から、明治のはじめくらいが舞台になってる。

◯なんとなく「古き良き時代」とか「懐かしい時代」という感想じゃないでしょうか?

でも、考えてみりゃ、いま生きてる人は誰もそんな時代を知らないんですけどね。

だけど、見たわけでもなく、経験したわけでもないのに、なんとなく「懐かしいなあ」と感じてしまう時代とか風景、というものがある。

◯そういうジャンルの新しいものとしては、「三丁目の夕日」の時代がそうですね。

あれは昭和三十年頃の世界。こっちの方は、当時を知ってる方はいっぱいいらっしゃる。けど、当時をまったく知らない若い人たちでも、「なんか懐かしい感じがする」「昭和だよねえ」なんて、うっとりする。

◯昭和だったら、それより昔の戦前にもあるんですけど、戦前の昭和について、「懐かしいねぇ、2・26事件! 昭和だよねえ」……とはならない。

◯なのに、それよりぐっと新しい昭和三十年代は、「懐かしいねえ!」となる。不思議です。世代に関係なく、日本人が「懐かしい!」と感じるものには、なにか共通点があるんでしょうか?

◯今日の噺は、そういう時代から始まります……。

× × ×

場所は芝のあたり。今は大使館とか大企業の本社があったりしますが、当時はまだ町工場があり、ふつうのサラリーマンや職人が住むアパートもあった頃。

古川も、まだ高速道路で蓋をされていない。とはいえ、工場や民家からの排水で、水はすっかり汚れていましたが。

その頃は、深夜営業のコンビニもファミレスもない。だから、あの無駄に明るい照明もない。都心とはいえ、夜は暗めの街灯と、民家の窓からもれる明かりぐらい。今よりもっと薄暗かったんですね。

そんな夜、とあるアパートのドアを、コツン、コツン、コツン……と叩く音がする。

「ん？　誰だろう、こんな時間に。気のせいかな？」

コツン……コツン……。

「たしかに聞こえるな。おう〜、誰だい？」

「カ＊$#です」

「なに？　か？……加山さん？」

「カ&%$です」

「蒲田さんかな？　お向かいの？」

「カ＠＊#です」

「なんだか、ハッキリしないな。誰だい」

玄関のドアをパッと開けると……、

「(左右をキョロキョロ) なんだ、誰もいないじゃないか。近所のガキのいたずらか？」

「ご主人、ここです」

「ん？ (下を見て) ……わ！　カラス!?」

「ええ。ですから、さっきから『カラスです』って」

「へえ。九官鳥とかカラスってのは人の言葉を話すっていうけど、本当なんだな」

「わかってくれましたカァ？」

「ああ。カラスだけに、カァね」

「ちょっとお話してもいいですカァ？」

「ああ、かまわないよ」

「ありがとうございます。アホー！」

「阿呆とはなんだ！」

「いいえ、これはオイラたちの口癖で、カァとかアホーって鳴くんですよ」

「ああ、カラスはそうだったな。悪い悪い。で、どんな話なんだ？」

「ええ。オイラ、ご覧のように、まだ子どもでして」

「ああ。そういや、柄が小さいな。小ガラスかい」

「小ガラス紋次郎っていいます」

「楊枝でもくわえてそうな名前だな。で、どうした、紋ちゃん？」

「オイラ、普段はこのへんの森で遊んでるんですけどね……」

「このへんの森っていうと、あ、……そこの、増上寺の境内とか？」

「いえ、あそこは格式が高くって」

「へえ。カラスの世界にも格式なんてものがあるんだ」

「もちろんですよ。このあたりで一番格式が高いのは、新橋の烏森神社」

「あ、なるほどね」

「で、二番めが増上寺の境内。オイラたち庶民のカラスは、芝公園のあちこちとか、それから、最近じゃ『だんだらの木』で遊んでるんです」

「なんだい、その『だんだらの木』って？」

「ほら、高～い木があるじゃないスか。知らないですか？　カラス仲間じゃ有名なんですけどねえ」

「あいにく、俺はカラス仲間じゃないからね」

「あ、そうか。……でね、オイラこないだ、『だんだらの木』の下の工事現場で遊んでる時に、足がフェンスの金網にひっかかって、とれなくなっちゃんたんですよ」

「間抜けなカラスだね」

「どうしよう、困ったな……とジタバタしてると、目の前に、でっかくて怖いドラ猫がせまってきたんです」

「あ、野良猫のドラだろ？　でっぷり太ったやつ。あいつは悪い猫でね。近所の魚屋なんか、いつも追いかけまわしてる。♪お魚くわえたドラ猫～　お～いかけ……」

「ご主人、夜中なんで静かに」

「…あ、すまん。カラスに意見されるとは思わなかったな」

「で、そのドラ猫に襲われそうになって、オイラ叫んだんですよ。『助けてー！』『アホー！』って」

「……緊張感を欠くな、その鳴き声ってのは」

「その声を聞きつけて、助けてくれたのが、おたくの坊っちゃんなんです」

「坊っちゃんって……ウチのケンイチ。ケン坊かい？」

「ええ。『しっ、しっ』ってドラ猫を追い払ってくれて、オイラの足を金網からはずして、それから『気をつけるんだよ』って、空に放してくれたんです」

「あ、そうかい。あいつは、俺に似てやさしい所があるからなあ」

「で、ねぐらに帰って、その話をオイラのお父っつぁん、おっ母さんにしたんです」

「おお。紋ちゃんにも両親がいるのかい」

「ええ。お父っつぁんは、旅から旅の旅ガラスでして」

「カラスだけにな」

「たまたまこのあたりに飛んできた時知り合ったのが、おっ母さん。若い時にはずいぶん美人だったらしいですよ。髪はカラスの濡れ羽色」

「当たり前だろ。カラスなんだから」

「で、両親が言うには、『いまどき、素晴らしいお子さんだ。人間にしておくのは惜しい。お前は御恩をかえさなきゃいけないよ』と……」

「あ、わかった！　みなまで言うな。なんか聞いたことある展開だぞ、これ。こないだラジオで五代目小さんがやってた。それであれだろ、お礼をするために、お前がサイコロに化けると？（注・古典落語『狸賽《たぬさい》』より）」

「化けませんよ」

「……じゃあれだ。札だ。札に化ける。な、一円札に？（注・古典落語『狸の札』より）」

「いえ。カラスってのは化けませんから。タヌキじゃないんで」

「化けないの？　化け烏っていうじゃないか」

「それを言うなら、明烏じゃ？（注・古典落語『明烏』より）」

「ああ。小さんじゃなくて、文楽の方か」

「……大丈夫ですかね、ご主人。このへん『古典落語ミニ知識』が凝縮してますけど、みんなついてきてくれてますかね？」

「ついてきてないようだけど（たぶん）、……ま、気にしないで進めようや。で、お前は化けないで、恩返しをしたいと？」

「ええ、そうなんです。坊っちゃんいますか？」

「それがなぁ。……いつもなら、まだ起きてるんだが、今日に限っては、早く床についてるんだ」

「どこか具合が悪いんですか？」

「いや、そうじゃない、そうじゃない。なんでかっていうとね、ウチのケンイチは、プロ野球が大好きなんだ」

「ああ。プロ野球、面白いッスねえ。今年ジャイアンツに入った長嶋茂雄選手が大活躍したじゃないですか」

「おう。お前、長嶋知ってるか？」

「知ってるかなんてもんじゃないですよ。後楽園球場で試合がある時は、仲間と一緒にひとっ飛びして見に行ってます」

「ああ、そうか。カラスはいいなあ。タダで野球が見れて。ウチはいつもラジオだよ。テレビジョンで見たいけど、あれは高いからなあ」

「長嶋、実際に見たらカッコいいですよ。（ものまね）『いわゆる、ひとつのホームランですか』って……言ってることはわけわかんないですけど」

「カラスは、モノマネもうまいんだな」

「ま、うまいかどうかは別として……長嶋、今年、新人賞獲りましたもんね。これで安心して、川上も引退できるってもんです」

「詳しいね、お前」

「ええ。川上は引退式で『巨人軍は永久に不滅です！』なんて言うんじゃないですか」

「言うかな、あのカタそうな人が」

「言いませんか。……長嶋なら言うでしょ？」

「言うな、あの男は。絶対に、言う。今から十六年後くらいに」

「で、坊っちゃんの野球好きがどうしたんです？」

「ケンイチは少年野球チームに入ってるんだ。『横丁ジャイアンツ』っていうな。明日その試合があるから、今日は早めに寝てるんだよ」

「あ、そういうことだったんですか。じゃ、坊っちゃんはチームのエース？」

「いや」

「四番打者ですか？」

「とんでもない」

「五番？」

「いやいや」

「六番?」

「まだまだ」

「七番?」

「どうしてどうして」

「何番打者なんですか!　どこ守ってるんですか?」

「ま、十五番打者で、守ってるのはおもにベンチ……」

「……あ、そういうこと?」

「一所懸命練習してるんだがな、レギュラーになれないんだ。補欠でさ、いつもベンチで、大声出して応援してる。本人はそれでも野球が楽しいからいいって言うんだけどなあ……親としちゃ、やっぱり、試合に出してやりたいし、活躍させてやりたいってもんよ」

「それだっ!」

「え?」

「そこですよ」

「ど、どこだい?(キョロキョロ)」

「なに探してるんですか。そうじゃなく、オイラの恩返しが、そこだっていうんです」

「というと?」

「明日の試合、坊っちゃんが試合に出て、活躍できたら、いいでしょ？」

「そりゃ、いいね」

「恩返しになりますよね」

「なるなる。願ってもない恩返しだが……そんなことできるのかい、お前に？」

「まかしてください。伊達にいつも野球を見に行ってません。明日の試合はどこで？　……あ、公園の第一球場で？　ええ、わかりました。じゃあ、明日をお楽しみに。♪ カラスが鳴くからかか〜えろ〜……、カァ〜〜〜カァ〜〜〜〜」

「（見送って）……自分で歌いながら行っちゃったよ。闇夜にカラスとはよく言ったもんだなあ、すぐに見えなくなっちゃった」

＊

「あんた、さっきから玄関口で長話して……誰かお客さんだったの？」

「あ？　ああ、ちょっと、カラスが…」

「カラス？」

「ああ。カラスがね、恩返しにきたんだ」

「はあ〜（ため息）。あんたね、そんな日本昔話みたいなこと言ってるから、いつまでも会社で出世しないのよ」

「ひどい言い方だね。ま、俺は出世しなくても、会社はそこそこ景気がいいみたいでさ。来年は給料が上がるって噂だよ」

「本当!?」

「ああ。なんつっても高度経済成長ってやつだからな」

「そうよね。目の前に、あんな大きな東京タワーが建つんだもの」

「ああ、でっかいよなァ、あれ。三三三メートル。世界一だってよ。たいしたもんだ。来年はあの天辺からテレビジョンの電波が出るんだろ？　こんな近くに住んでるんだからさ、ウチも来年はテレビを買おうじゃないか」

「嬉しい！　喜ぶわよ、ケン坊。なにしろ、いつも三丁目の鈴木オートさんとこに『月光仮面』を見せてもらいに行ってるんだから」

「そうなのか。肩身の狭い思いさせてるんだ。…ちょっとケンイチの寝顔でも見てみようかな」

（ふすま開けて）

「……ははは、寝てる寝てる。無邪気な顔してるなあ。……お、枕もとにグローブが」

「明日の試合を楽しみにしてんのよ。どうせまたベンチをあっためるだけなのに、好きなのねえ、野球が」

「いや、明日の試合はわかんねえぜ」

「どういうこと？」

「ま、それは明日のお楽しみってことで、今日は俺も早めに寝るか」

と、その夜は更けて……。

＊

カラス、カァで夜が明けて（…あ、このカラスは紋次郎じゃないですよ）。

「ケン坊、ケン坊、起きなさい！」

「う～ん……むにゃむにゃ……」

「ほら、もう起きないと。今日は試合でしょ？」

「…はっ、そうだ！　試合だ！」

ケンイチ、パッと目を覚まし、すぐに、枕もとにあったグローブを手にはめ……、

（グローブにパンパンとパンチングして）「さあ、こい！」

「おいおい、ケンイチ、なに寝ぼけてんだ。今からグローブをはめたら、朝めしの茶碗が持てないぞ」

「……あ、そうか。…（ようやく目が覚め）お父さん、お母さん、おはようございます」

「おはよ、ケン坊。ご飯できてるわよ」

「いっぱい食って、今日の試合、頑張れ」

「うん！」

「今日はお父さんも、あとで応援にいくからな」

「え？　来るの？」

「行っちゃいけないか?」

「ううん、嬉しいけど……せっかく来てもらっても、僕、またベンチだと思うから」

「いや。お父さんの予感だけどな、今日はお前、活躍できる気がするぞ」

「ホント!?」

「ああ。お父さんの予感は当たるんだ。こないだも寿司食ってる時、なんか予感がするなあと思ったら…、タコに当たった」

「くだらないこと言ってないで、二人とも、さっさとご飯をすましちゃいなさい」

「はーい!」

ということで朝食を終え、ケンイチを送り出した。

*

この日の試合は『横丁ジャイアンツ』対『本町リトル・ジャイアンツ』。…この時代は、あちこちジャイアンツだらけでしてね。

ゲームは、取ったり取られたり。三対三の同点で進んでいく。ずっと応援席で見ていた父親は、息子の活躍がいつ来るかいつ来るかと、気が気じゃない。結局、ケンイチはベンチのまま、九回裏になってしまった。

「おい、紋次郎。紋公!（周囲をキョロキョロ）どこにいるんだ?」

「呼びましたカァ?」

「あ、来やがった。お前ね、カァじゃないよ。どうなってんだよ、例の恩返しの一件は？」

「大丈夫です」

「大丈夫ってね、もう九回裏だよ。延長はないから、このままじゃ引き分けだぞ」

「ご心配なく。ここからですよ。オイラにまかしてくれませんカァ〜！」

ひと声鳴いて、カラスはバサバサッと、ベンチの方へ飛んでいく。ケンイチのいる横丁ジャイアンツの、監督の後ろの木にそうっと止まり、審判に向かって……、

(両羽根でメガホンみたいにして）「ピンチヒッター、ケンイチ！」

驚いたのは監督。

「あ、あれ？　俺、今なんか言った？」

審判は振り返って、
審「え？　横丁ジャイアンツは、ピンチヒッターですか？」

監「へ？　あ、いやいや、そんなこと言ってま…」

カ（両羽根をメガホンに）「ピンチヒッター、ケンイチ！」

なにしろカラスはモノマネが得意。監督の声色を使ったあとはパッと飛び立ち、今度は審判の後ろをス〜っと飛びながら、
カ（片羽根は羽ばたきつつ、片羽根をメガホンに）「ピンチヒッターですね。もう変更できませんよ」

すると審判も驚いて、
審「は？　今の、私が言ったのか？」
審判にそう言われたもんで、監督も、
監「（モノローグ）まあ、いいか。どうせ引き分けだ。たまにはベンチの選手も出してやろう……（ケンイチに）おい、ケンイチ、行ってこい！」
というわけで、ケンイチは九回裏の大詰めに、ピンチヒッターに立った。
ケ（バットを持って震えながら）「ぼ、ぼ、ぼ…、ぼくに打てるかな……」
なにしろ試合に出るのは久しぶり。緊張で体が震えてる。
相手のピッチャーはそれを見てとって、一球目は釣り球を外角高めに、
ケ（バットを振る）「うわ～！」
審「ットライク！」
ボールとバットの距離は五十センチぐらい離れてる。
こいつは打てないなと見た相手ピッチャーは、次はふわっとしたスローボールを投げる。タイミングを外されたケンイチは、また空振りをして、
審「ットライク・ツー！」
応援席では、
父「おいおい、あっという間に追い込まれちゃったよ。たしかにカラスのおかげで出場はできた

が、活躍できるかどうかは本人しだいってわけか。こうなったら、思いっきりやった方が悔いが残らなくていい。（手でメガホン作って、ケンイチに）ケンイチー！　目つぶって、思いっきり振れー！」

　相手ピッチャーは完全に舐めきってまして、三球目はド真ん中の球を、シュッ！

　ケンイチがまた、正直な子どもで、言われた通り目をつぶって……、

ケ（目をつぶってバット振る）「ええいっ！」

　カキーン！

　かえって目をつぶった方が当たるようで、打ったボールはぐんぐんのびてセンターへ。このままホームランか……と思いきや、急に力をなくしてふらふらっと落ちかける。と、

「カァ！」

　カラスがボールをパクっとくわえて、場外へ持っていってしまった。

ケ（バット持ったまま）「え？　あ？　僕、打ったの？　（指差し）ああ、カラスがボールを！……どうなるの、あれ？」

　ルールブックでは、こういう時は審判の判断にまかされることになっていて、

審「え、えーと……、ホームラン！」

ケ「やったー！」

　なんとサヨナラ・ホームランで、この日、ケンイチはヒーローになったのです。めでたし、め

でたし。

＊

一方、ボールをくわえて飛んでいったカラスの方はというと……、

(バサバサ飛んで、降り立ち)

「よいしょ……と、ここまでくれば大丈夫だろう」

と、いつも遊んでる『だんだらの木』のてっぺんにとまった。ここからだと、さっきまでいた野球場も、ずいぶん小さく見える。

「この木のウロにボールを隠しとこう。ポイッ」

そこにあった穴ぐらにボールを放り出し、

「あ～、いいことしたあとは気持ちがいいなあ。お父っつあん、おっ母さん、オイラちゃんと恩返ししたよ～。カァ～～～！」

と、飛び去ってしまった。

＊

それから、五十四年……。

「オーライ、オーライ。おっと、足元気をつけろ。落っこちたら命はないぞ。そりゃ、スカイツリーに記録を譲ったとはいえ、ここは高さ三百メートルあるからな」

「親方。あの東日本大震災でアンテナが曲がらなきゃ、俺達、こんな高い場所に登ることもな

かったでしょうね」

　今年七月。東京タワーのてっぺんで、アンテナ支柱の付け替え工事をしている二人がいました。そのアンテナのポールを、バーナーで焼き切っていると……、

「あれ？　親方」

「どうした」

「支柱の中に何かありますよ。（覗きこみ）なんだろう……あ、野球のボールだ！」

「おい、冗談言うな。ここは東京タワーのてっぺんだぞ。どんなホームランバッターだって、こんなとこまで打てってこない」

「いえ。でも、あるんですよ。（取り出して）ほら」

「本当だ。……しかし不思議だな。このタワーのドンツキは、作られた時から誰も触ってないんだぞ」

「てことは、昭和三十三年に誰かがここにホームランを打ちあげたってことですか？」

「そういうことになるな。ボロボロになってるが、これは軟式ボールだ。ってことは、少年野球か。う〜ん……謎だらけだが、唯一わかることは…」

「わかることは？」

「五十四年前、とんでもない天才野球少年がいたってことだ」

「たしかに！　間違いないですね、それは！　（持ったボールを、まじまじと見つつ）……でも

これ、安っぽいボールですねえ。ずいぶん黒ずんで、ひび割れて、しぼんでる」

「五十四年の間、ひび割れて、しぼみながら、そのボールが、東京の街を見守ってくれていたのかもしれん」

「そうかあ、きっとそうですね。……そう言われると、このボール、なんか、だんだん神々しく見えてきました」

「だな。ただのボールじゃないぞ」

「親方、これ、どうしましょう？」

「天才少年が打った、ありがたいボールだ。大切に保管しておこうじゃないか」

「はい！」

（二人、なぜか柏手を打って、拝みながら）「ありがたい、ありがたい……」

二人して拝んでいると、たまたま側を飛んできたカラスが、

（羽ばたきつつ）「アホー！　アホー！」

◎解説対談十一　花緑×青銅

青銅「ぼく気に入っているンですけど、元のニュースが意外に話題にならなかったンですよ」
花緑「そうですか？　たしかに、もっと出てもよかったですよね」
青銅「元のニュースで言うと、二〇一二年の七月、これは八月二三日に演っているンですけど、七月十日に東京タワーの工事をしたら、上で、軟式のボールが見つかった。ちょっとそのとき、話題になって」
花緑「その謎に迫った落語（笑）」
青銅「そう、こんな高いところに何故ボールが？『これだ！』とわたしが解明した（笑）」
花緑「かなりファンタジックな解明なんですけど（笑）、実にぼくは良く出来て面白かったなぁ。これは古典落語の『狸の恩返し』」
青銅「そうそうそう！『狸』ですね」
花緑「烏が恩返しをするっていう」
青銅「そうそう、ちょっと『三丁目の夕日』的な郷愁も入っての」
花緑「ぼくはそこが気に入ってるンで、面白かったですね」
青銅「レトロな感じでねえ」
花緑「で、この『芝烏』の中で印象的なのは、『ああ、これぞ一緒に青銅さんと作ったなぁ』と思う、その足したギャグで好きなのがあって」
青銅「はい」
花緑「これは、そのキャラってことよりも、自分が見つけられたギャグのひとつで、烏が喋ると『カァー』ってやたらつけるンですよ、最初ッから。『アホー』とか『カァー』って言うじゃないですか?」
青銅「ええ」
花緑「で、これ、最後のほうの場面になって、息子が自分を救ってくれたってことで、恩返しに来るンですよね?」
青銅「うん、そうそう」
花緑「で、息子の試合があって、それでずっと九回裏まで来ちゃって、これどこに居るンだ?」
青銅「出番が無いじゃないか?」
花緑「すると『おまえ、恩返しおぼえているンだよなぁ』って、こう言うと、『大丈夫です』って烏が言うンですよね?」
青銅「はい」
花緑「『大丈夫って? おまえ、九回裏だぞ』ってこういう会話を青銅さん書いたンですけど、ぼくはここで『大丈夫ですカァー?』って(笑)。こっちが訊いてるンだよって言う」
青銅「なるほどね(笑)」
花緑「このワンギャグがもの凄く『ああ、見つけられたぁ』って」
青銅「確かに面白い」
花緑「ここで訊いている。烏は普通に『大丈夫』って言ったつもりで、で、何時も『カァー』って言ってるから(笑)」
青銅「疑問は無いだろう!(笑)」
花緑「そう、こっちはそう思って、『こっちが訊いてるンだよ』という、ここのギャグが、こういうのを見つけられたときに、ぼくは凄く、『一緒に共著で作ったなぁ』って感じがするンですよ（笑）」
青銅「やっぱり二人分の知恵が入っているほうが面白いですもんね」
花緑「で、ぼくは何度も何度も読んで稽古してるじゃないですか？　だから、気づくってのがありますね」
青銅「ああ、それありますね」
花緑「最近なんか特にそうですけど、自分の声を録音して、スピードラーニング方式で、実は聴いてるンですよ。すると憶えやすいンで。聴きながら、『あっ』っと思いつくことがありますね。『これ足したら面白いだろう』とか。あの、文字で読んでいると分かんなかったりするのが、声で聴いてると思いつくのもあったりなんかして、『もっとギャグ出来るな』とか（笑）」
青銅「ぼくも、読みますよ」
花緑「あ、そうですか？」
青銅「うん。まず、プリントアウトして、読むとやっぱりまずい所が分かるし、ギャグを足すところも分かるし、耳で聴いて分かりにくいところも、やっぱり分かるし……、ぼくも何度も読みますね、上手ではないですけど、読みます」
花緑「それ、聴かせてもらいますか？（笑）」
青銅「とんでもない！（笑）。このニュースそのものは、もっと話題になるとぼくは踏んだンですけど、ちょっと、それは読み間違えました」
花緑「これ、実際は何だって、出たンでしたっけ？」
青銅「いや、分かんないままです」
花緑「入れたっていうのと、あと、足場を組むのにボールをクッションとしてはめたって、それじゃないかっていうニュースを、ぼく観たことがあって」

青銅「ああ、そうですか」

花緑「最も夢が無いやつですね」

青銅「無いですね。でも、それだったら全部になきゃいけないですね。全部にあるンですか?」

花緑「ああ、それですよね。そこはどうなっているのか? でも、破けてるンでしたっけ?」

青銅「ひび割れてる感じですね」

花緑「だから、はっきり分かんなかったンでしょうね」

青銅「烏だと思うンですけど、真相は(笑)」

花緑「くわえて、ポイって(笑)」

『アナログ姫』

（初演２０１２年3月17日「世界は落語だ！　リターンズ」草月ホール）

【おもな登場人物】
◎純平……アルバイト店員・二十代半ば・モテない草食系
◎店長……五十代半ば
◎テレビの中のお天気お姉さん

「おい、ジュン！　ジュン！　純平！」

「（宙を見て、ぼーっとしてる）……あ〜………（ため息）…姫。……姫？」

「純平！　純之助！　純の字！」

「（同じく）姫……デヘヘヘ……」

「ぼーっとしてんじゃないよ。おい、お客さんだよ！」

「え？　……あ？　お客さん？　（あわててお辞儀）いらっしゃいませ！」

「奥に向かってお辞儀してどうすんだよ。それはコピー機だ」

「あ。道理で四角ばったお客さんだと」

「カウンターはあっちだ」

「(向きを変えて) いらっしゃいま…」

「もう帰ったよ。お前がぼーっとしてるから、俺が応対しといた」

「あ、どうもすみません、店長」

「お前ね、バイトとはいえ、ぼんやりしてちゃ駄目だよ。まあ、ウチが、はやってないヒマな店だからいいけどな」

「ええ。はやってない店でよかった」

「よかないんだけどね……」


ここは、街の写真のDPE屋さん。昔なら、撮った写真は必ず、こういうお店に持ってきて現像してもらわなきゃ、見られなかった。フィルムですからね。

フィルム時代は、「どんな写真が撮れてるかなぁ?」と、待ってる間も楽しかったですね。出来上がってきた写真をみんなで見ながら、「あ、これ、お前、目つぶってるよ。変な顔。わはは!」なんて笑い合ったりしてね。

いまは撮った瞬間に…… (手元のデジカメ見て)「あ、これ、目つぶってる。捨てちゃえ。

ピッ」てなもんで……。

　そんな世の中ですから、最近は街のＤＰＥ屋さんに来る人も減りました。それでも、デジカメで撮った画像をきれいにプリントしたいとか、沢山プリントするとか……そういう方を相手に商売をしている。ここはチェーン店なので、店長一人にアルバイト一人で十分にまわる程度でして……。

「これ、今のお客さんから受けた分だ。伝票書いといてくれ」

「わかりました！　ええと……（袋の中のぞきながら）ＳＤカードですか、メモリースティック？　……あ、ネガですか。珍しい。時々、こういうお客さんが来ますよね」

「ああ。昔撮った写真のネガを焼き増しして欲しいって方だ」

「そうそう、昔は《焼き増し》なんて言ってましたね。僕、子どもの頃《焼き回し》だと思ってました。もう、言葉からしてアナログですよ。これを持ってきたお年寄りになんかには、ＳＤカードっていっても何のことだかわからないでしょうねえ」

「いや、持ってきたのは若い女の子だったけどな」

「ああ、そうですか。へえ。（伝票書きながら）……ええと、ネガで、それぞれ一枚プリント。L版…と（書きながら欠伸しかかり、店長に見られているのに気づき）あ、すみません」

「……純平、お前、最近なんかあったのか？」

「は？」

「この頃いつも眠そうにしてるし、時々ぼーっと宙を見て一人でニヤニヤすることも」

「あ、気づいてましたか」

「気づくよ。どうした？」

「ええ。実は……、僕、彼女ができまして」

「へー……。あ、そう。ほう～、お前に。彼女がねえ。ほっほっほっ……」

「なに笑ってるんですか！」

「いや、悪い悪い。バカにして笑ってるんじゃない。気を悪くしないでくれ。お前にも彼女ができたってことが、嬉しくてね。はっはっはっ……。やっぱりお前も、男だったんだなあ」

「当たり前ですよ。一緒に連れションしたこともあるでしょ？」

「いや、そういうことを言ってんじゃない。お前が生物学的に男だってことは、よ～くわかってる。そうじゃなくてさ、ほら、最近の若い男のことを、よく言うじゃないか。女の子と話ができないとか、恋愛がめんどくさいとか……あれだよ、ほら、ソウショキ系？」

「総書記は北の将軍様！　それを言うなら、草食系」

「ああ、それそれ。お前もそういうんだと思ってたんだよ。『金ない・モテない・覇気がない』の三ない男」

「……ひどい言い方ですね。ま、当たってますが」

「しかし、彼女ができたってのはめでたい。それで、時々ニヤニヤしてたんだな。わかるよ。で、相手は、どういう子なんだ？」

「はい。お天気お姉さんです」

「おてん……き、おねえ、さん……っていうと、あれか？　天気図を背に、指し棒持って『西高東低です』とか言ってる？」

「はい」

「えーっ!!　お天気お姉さんといえば、美人で、頭がよくて……日本中の男の憧れの存在じゃないか！　お前の彼女、それなの？」

「はい」

「おっどろいたねえ……名前は、なんていうんだ？」

「名前はちょっと……」

「ま、ま、そうだな。バレたらスキャンダルになるもんな。…でも、俺は絶対喋らないよ。芸能リポーターにも、フライデーの記者にも教えない！　ツイッターで拡散もしない！　だから……

(小声で) 俺だけにコッソリ教えて！」

「名前はちょっと…、わからないんです」

「わからない？」

「ええ。僕は『姫』って呼んでますけど」

「ああ。それでさっき、ぼーっとしながら『姫』って言ってなのか。だけど、彼女なのに名前がわからないってことがあるのか？」

「（うっとり）……姫は、毎晩遅くに、ウチに来るんです。そのせいで、ここんとこ、ずっと寝不足で……（欠伸）」

「お、言うねえ。ノロケというか、下ネタというか……」

「下ネタですかね？」

「そうだろ。その姫って彼女がさ、部屋に来て、『なんか、あなたのそばにいると体がほてるわ。私はあなたに、フェーン現象』なんてお天気にからめたこと言って、それでお前が手を握ると、柔らかくて、すべすべしてて…」

「いいえ。握ったことないです」

「は？　……毎晩彼女が自分んちに来るのに、手を握ったこともないの？　それは変だろう。大人の男としてさ」

「でも、ないんですから」

「……さっきから聞いてると、どうも話が妙だな。彼女なのに名前がわからない。毎晩家に来るのに手を握ったこともない…。それ、お天気お姉さんだよな？」

「はい」

「お天気屋のお姉さん、じゃないよな」

「はい」

「テレビに出てる、お天気お姉さん？」

「そうです」

「……どういうことだ？　だいたい、お前その人とどこで知り合ったの？」

「聞きたいですか？」

「聞きたいね。話せよ」

「話してもいいですけど、ちょっと長いですよ」

「いいよ。長くても。どうせウチの店、はやってなくてヒマだからさ。じっくり聞くよ。なんなら、表のシャッター降ろしちゃおうか？」

「いいえ、それほどでも。実はですね……」

＊

昔ならば……六畳一間の木造アパート。当然、風呂なし。赤い手ぬぐいマフラーにして、二人で通った横丁の風呂屋。♪わ〜か〜か〜ったあの〜頃〜、……歌うこたぁない。

けれど、現在、そんなアパートはほとんどありませんね。

この男・純平は、ワンルームマンションという名の六畳一間に住んでいます。男の独り暮らしですから、昔なら万年床ですが、現在はフローリングの床の四分の一くらいに、通販で買ったベッドが置いてある。

その他のスペースは、整理ダンスやカラーBOX、さらにあっちこっちに洋服や本やCDが散らかって、半分ゴミみたいな物でゴチャゴチャしています。

十日ほど前の夜中……。この男がベッドで眠っていると、寝返りをうった拍子に掛け布団がバサッとめくれ、それがひっかかってテレビのリモコンが床に落ちた。ちょうど、そのぶつかり具合のせいで、テレビのスイッチが入った。

薄青いテレビの明かりが、ぼーっと部屋の中を照らす。

「ん？　なんだ？　まぶしい……ああ、スイッチがはいっちゃったのか……」

リモコンを拾って消そうとすると、画面に一人の女が映っている。音は出ていない。

「へえ、きれいな女の子だなァ……」

寝ぼけまなこでぼーっと見とれ、だんだん意識がしっかりしてくると、気がついた。

「ハッ!?　なんでこのテレビ映ってるんだ？」

それはブラウン管のテレビ。もちろん、アナログ対応。

去年テレビがデジタル放送に移行したけど、

「どうせ、元々テレビあんまり見てなかったし、新しいテレビ買う金もないし、ま、このままでいいか」

とほったらかし。なら、捨てりゃいいんですが、

「処分するのにも金がかかるしなあ。ま、部屋のオブジェとして置いとくか」

ずぼらな性格なもんで、そのままにしてきた。だから、地デジ移行以来、テレビのスイッチを入れたこともなかったんですが…。

「なんでこのテレビ、映るんだろう？　……う～ん、ひょっとして、新しい地デジテレビを買えない貧乏人のために、夜中こっそり放送してくれてるのか？　だったら、音が聞こえないのはどういうわけだ？

（本体とリモコンのボタンをあれこれ押し）……どうやっても、音が出ないな。叩いてみるか……（テレビを叩く）……おい、音出ろ。……駄目か。（テレビの箱を抱え込み、正面から向き合って画面を見る）……しかし、可愛いな～この子。僕の好みのタイプ、目がくりっとして……笑うとちょっとエクボができるんだな。どっちかというと古風な感じで、こういう子、好きだなあ。名前なんていうんだろう……」

ぽーっとして、一目惚れしてしまった。（落語には一目惚れが多い！）

うっとり画面に見とれていると、その女の子がにこっと笑ったかと思うと……、

「あ。消えた！（抱え込んだままテレビを叩き）おい、どうした。映れ！　映れよ！　……駄目か」

＊

「……と、そのあとはザーッと、砂の嵐だったんですよ、店長」

「へえ。……しかし、その砂の嵐ってのが懐かしいな。たしかにアナログ時代はそうだった」

「すごく可愛い子だったんです。もう一回見たいと思って、そのあとチャンネルを変えたり、テレビの向きを変えたり、いろいろやってみたんですが……、駄目でした」

「それが、お天気お姉さんか？」

「ええ。後ろに日本地図が映ってましたから」

「そんな夜中に、お天気コーナーやってたかなあ……」

「それより不思議なのは、古いアナログテレビが映ったってことですよ」

「おまえんち、ケーブルテレビじゃないのか？　だったら、デジアナ変換とかいって、まだしばらくの間、古いテレビでも見られるらしいぞ」

「デジアナ変換？」

「ああ。なんかよくわかんないけど、テレビの中で『デジ』から『アナ』に変えてくれるんだ」

「誰が？」

「誰がって……、そりゃ、お前……地デジカだろ」

「ああ。あのスクール水着みたいなの。最近見ないと思ったら、そういう地味な仕事してんですね。テレビの中で、（荷物を右から左に何度も運び）デジからアナ、デジからアナ……って」

「そういう作業なのかな？　…ま、いいけど。で、ケーブルテレビなのか？　……違う？　違うのか。じゃ映るわけない。おかしいな……お前、そのテレビいつ頃買ったんだ？」

「買ったんじゃないんです」

「誰かにもらったのか？」

「もらったんでもないです」

「買ったんじゃなく、もらったんでもないというと……お前、まさか、ド、ド……独力で作った？」

「いえいえ。そこ、普通、『ド』ときたら、ドロボウってくるでしょ？」

「ドロボウしたのかっ!?」

「違いますよ！　拾ったんです」

「拾った？」

「粗大ゴミ置き場で」

「ああ、そういうことか」

「いけないとは知ってますけどね、まだ使えそうなのが捨ててあるのはもったいないと、拾ってきたんです」

「ははーん、それだな」

「それって？」

「テレビにその女の子が映ったのは何時頃だ？」

「そうですね……夜中の二時くらいでしたか」

「てことは、草木も眠る丑三つ時だ。やっぱりな」

「やっぱりって？」

「あれだろ？　お前、向島にある粗大ゴミ置き場にいったんだろ？」

「向島?」

「で、野ざらしになってるテレビを見て、『こんな所に捨てられて、かわいそうに。南無阿弥陀仏と、ふくべの酒をかけて回向をしてやった』」

「『ふくべ』?『回向』?」

「そしたら夜中に、『昼間のお礼にまいりました』ってやってきたんだよ、そのテレビの『コツ』が」

「『コツ』?」

「♪鐘がボーンと鳴りゃよォ、上げ潮、南さァ〜……」

「なんか、店長の言ってることはよくわかんないッスよ。(たぶん、お客さんも半分くらいはわからない……　注・古典落語『野ざらし』より)」

「ま、どこかの局でやってるお天気コーナーの電波を受信したんだろうなあ。…で、それからどうなった?　続きは?」

「ええ。その翌日ですね……」

＊

純平は部屋の中で、もう12時を回ったあたりから、テレビの前にスタンバイ。

「きのうは偶然映ったテレビだけれど、今日も映るだろうか?」

と、夜中の一時頃にはテレビをつけて待ってる。

ザー……。

砂の嵐。

当たり前ですね。だってアナログテレビですから。

「どこだろう？　どこでやってるのかなあ……」

とチャンネルをあちこち押す。テレビの向きを変えてみたり、叩いてみたり……もういろんなことをしてみる。しまいには拝んだりしてね。

「（手をこすりあわせて拝みながら）あ〜どうか、もう一回、あの子に会わせてください！（手をパンパンと叩く）」

って、神様だか仏様だかよくわからない。

「（十字をきり）お願いします。（回教のように両手をあげ）お願いします」

……なんて、宗教に節操がない。

そうこうするうちに、時計の針は二時を回る。

「おかしいな。きのうはもう、この時間、映ってたのに。……あれは、きのうだけのことだったのか……」

と気落ちしていると、さっきまでザーッといってた砂の嵐の音がやむ。

「（うつむいていたのが）ん？（顔をあげる）……ああああ！　映った！」

昨晩と同じ、ちょっとエクボのできる可愛い子。天気図を背に、微笑んでいる。

「今日のファッション、ちょっと色っぽくていいなあ……」

なにか喋っているけれど、声が聞こえない。昨日と同じで、どこをどういじっても音が出ない。

「ま、いいや。音なんか。お天気お姉さんだから、言ってることは、だいたいわかるよ。『花粉の飛びやすい季節です。気をつけてくださいね』」

と口パクで合わせてみると、ちょうど彼女がそう言ってるように見える。

「お、これ、なんかいいね」

それから純平は口パクで、

「『あしたは、ちょっと冷えるかもしれません』……お、合うねえ。『でも、今度の週末はいいお天気ですよ』…合う、合う。ピッタリだ！」

そうやって楽しんでいると、やがて、始まった時と同じように突然映像が消えて、
ザー………。

今度は予想していたことなので、あまり驚かない。

「さよなら。また明日ね。アナログ姫！」

＊

そしてまた、その翌日。

同じく夜中の二時くらいにテレビをつけて待っていると、パッと映像が映る。

「やあ、アナログ姫、待ってたよ」

『今晩は。今日は東京地方、雨です』

「(周囲を見ながら) ああ、雨だねえ」

『でもこの雨、朝方にはやむから、大丈夫ですよ』

「へえ、そうなんだ」

彼女が喋りそうなことを口パクで合わせると、本当に会話をしているような気分になってくるから、不思議なもので……。

「ところで、アナログ姫には、彼氏はいるの？」

『いませんよ、そんな人』

なんて、図々しく天気と関係ないことまで、言わせるようになってくる。

「そんな可愛いのに彼氏いないの？　ホント？」

『ホントですって』

「信じられないなあ」

『じゃあ、純平さんには、彼女は居るの？』

「あ。なんで僕の名前知ってるの？」

そりゃ知ってますよね。全部自分で言わせてるんですから……。

子どもの頃のお人形遊びというのは、やってるうちに、だんだん相手が本物の人間みたいに思えてくる。ましてやこの場合、相手は人形じゃなく、ブラウン管の中とはいえ、人間。本当に会話をしてる気分になるのは、無理もない。

＊

こうして、毎晩毎晩、純平はテレビの中のアナログ姫と会話を交わすのが、楽しみになってきました。一人暮らしをしていると、金魚でも猫でも、ペットというより同居人みたいな感覚になって、話しかけたりしますよね。あれと同じで、毎晩夜中の二時近くになるとテレビのスイッチを入れて、同居人……というか、同棲してる恋人と、話をしている気分になる。

「今日はコンビニでケーキ買ってきたよ」

『どれどれ？　わあ、おいしそう』

「一緒に食べよう。姫、あ〜んして。あ〜ん……（手を伸ばす）」

『あ〜ん……うん、おいしい。ジュンちゃんも、あ〜んして』

「僕も？　あ〜ん……（伸ばした手の、手首をまわして自分で食べ）うん、おいしい！」

って、自分で自分に食べさせてるんだから、世話ぁない。

それから別の日には、

「今日はきみのために歌を作ったんだ」

『嬉しい！　聞かせて』

「歌うよ。（下手なメロディ。終盤は音が高くて苦しい）♪僕の〜　僕の大事な〜アナログ姫〜〜」

テレビの前でこれをやってる姿、あんまり他人には見せられない。

あるいは、こんな日も……、

『どうしたの？　今日はなんだか、元気がないわね』

「就職試験の不採用通知がきた」

『あら。あなた就活中だったの？』

「うん。この不景気だろ。僕みたいな三流大学出に正社員の口はなくてね。今も就活しながら、バイトをしてるんだ。そこんとこは、店長にもわかってもらってる」

『そうかあ。頑張って。一度や二度の失敗がなによ』

「一度や二度じゃないよ」

『三度や四度の…』

「もっとなんだ」

『……ま、数はともかく、あなたの人生、まだこれからよ。元気出して。自信持って！』

「自信なんか持てないよ。僕、小さい頃から引っ込み思案でさ、カッコ悪いし、女の子にモテないし、金はないし、覇気はないし、ゆとりだし……」

『大丈夫よ、もっと自信を……あ、ほら、店長がいるじゃない？』

「店長？」

『そう。あの店長を見てご覧なさいよ。アリクイみたいな顔して、ファッションもダサいし、オヤジギャグばっかりだし、足は臭いし。だけど結婚して、それなりに楽しそうに生きてるじゃない。大丈夫、あなたにも幸せな未来が待ってるって！』

「そうかあ。そうかもしれないな。あははは……」

＊

「……って、姫はいつも僕を元気づけてくれるんですよ、店長」

（むっとしてる）「ふ〜ん……それが、お前の彼女か。アナログ姫か」

「はい」

（まだむっとしてる）「ま、世の中にゃ、アニメの二次元キャラに恋する若者もいるっていう。それに比べりゃ、テレビの中とはいえ、相手は人間だから、まともだ」

「でしょ？」

「だけどな。（切れて）……俺のことをダサいとはなんだ！　足が臭いとはなんだ！　アリクイとはなんだっ！」

「い、いや、あれはアナログ姫が言ったことで」

「お前が言わせてんだろうがっ！」

「……あ、そうです。すみません」

「（コロッとかわって）あはははは！　まあ、いいさ。いいんだ。ほっとしたよ」

「ほっとした？」

「お天気お姉さんが彼女だなんて、『この野郎、うまいことやりやがって』と内心むっとしてたんだ。だけど、テレビの中の相手だと知って、ほっとしたよ」

「いえ、テレビの中でも、僕にとっては本気で……」

「ああ、わかってる、わかってる。お前の純粋な気持ちはわかってるよ。どうだい、その可愛いアナログ姫、俺にも会わせてくれよ」

＊

というわけで、その夜。店長は、純平の部屋にやってきました。

「失礼するよ…うわ、ゴミゴミした部屋だな」

「すみません」

「いや。俺も若い頃一人暮らししてたけど、ちょうどこういう感じだったよ。男の部屋ってのは、こうなるよなあ。……お。このテレビが、そうか」

「そうです」

「（叩きながら）こうやってあらためて見ると、ブラウン管テレビってのは奥行あるなあ。箱だもんな。……しかし、これ、ずいぶん古いテレビだぞ。俺が学生の頃はこういうんだった。懐かしいな。二十年……いや三十年近く昔のテレビだ」

「でも、拾ってきた時はバッチリ映りましたよ。デジタルになったら駄目でしたけど」

「それなんだよな。アナログテレビなのに、なんで映るんだろう……？」

店長が持ってきた缶ビールを開け、二人は雑談しながら時間を待つ。するといつもの深夜二時頃。それまで砂の嵐だった画面がパッと変わって、彼女が現れた。

「あ、店長、紹介します。こちらが、僕の彼女のアナログ姫」

「（律義にお辞儀して）はじめまして。いつも、ウチのジュンがお世話に……って、俺なにやってんだ。テレビを相手に」

画面に映ったアナログ姫を、店長はまじまじと見て……、

「いやぁ、ホントに美人だな」

「でしょ？」

「こんな可愛いお天気お姉さんが、どうして世間で話題になってないんだ？」

「そう。僕もネットで探したんだけど、わからないんですよ」

「うん？　待てよ。俺、この顔、どこかで見たことがあるぞ。最近か？　いや、最近のような、昔のような……は！　あ、そうだ。思い出した！」

「誰なんですか!?」

「俺が学生の頃、テレビで人気のお天気お姉さんがいたんだ。そうだ、この顔だ！　ええと、なんだっけな……そう、お天気コーナーのマリコちゃんだ！」

「姫、マリコちゃんって名前だったのか」

「しかし、かれこれ三十年近く昔のことだぞ。なんでいま、それが?」

「(テレビを抱え込み、話しかける) マリコちゃん、いい名前だねえ〜」

「……そうか。昔から、古くなった道具には魂が宿るっていう。古いアナログテレビとアナログ電波も、そうなのかもしれないな。もう用済みになってこの世から消える、その最後に、何かを言いたくなって現れたのかも……」

見ると、純平はテレビに向かって…というより、抱え込むようにして、「マリコちゃん、マリコちゃん」と語りかけ、うっとりしている。

「……おいおい。こりゃ、どうも『野ざらし』じゃなく、『牡丹燈籠』の方かもしれないぞ。おい、ジュン!」

「へ?」

「お前、毎晩の夜更かしで最近ぼーっとしてるし、だんだん痩せてきた。このままじゃ、古い電波に取りつかれ、魂を抜かれるぞ」

「は? どういうことです?」

「取り殺されるっていうんだよ! こんなもの、ない方がいいんだ……(テレビを持ち上げ) えいっ……」

「な、なにするんですか!」

「捨てるんだよ!」

「やめてください！」

テレビを抱え上げ、捨てようとする店長と、それをとめる純平。

「と……とめるな」

「やめて…ください」

「お……」

「う……」

二人はしばし、揉み合う。

「店長、やめてください。僕にとって姫は大事な友達なんです！　初めてできた恋人なんです！

……それを奪わないでください……」

「………初めてできた恋人、な。……ま、そう言われちゃ」

(テレビを元の位置に戻す)

「すみません、店長。………もう、帰ってくれませんか」

「………ああ、わかった。夜分、騒がせて悪かったな。帰るよ。……おやすみ」

と無理やり店長を送り出し、純平はテレビの前に戻ってきた。

「……騒がせてごめんね、アナログ姫」

『ううん、いいの』

「あ、アナログ姫じゃなくて、マリコちゃんだったね」

『ええ』

「マリコちゃんは……あれ？　いま、僕、自分で口パクしてないぞ」

『そうよ』

「そうよって…　今のも、僕じゃないよな……？」

『そう。私が喋ってるの』

「へ？　は？　ど、どうしたんだ？　僕は、本当に変になっちゃったのか？」

『うふふ。そんなに驚かないで。実はね、私、最初から、あなたのことが見えてたし、聞こえてたの』

「え？　そうなの!?」

『そう。ぜーんぶ見てたわ』

「全部……ってことは、じゃ……『あ〜んして』は（手首を回して自分の口に）？」

『見てたわ』

「恥ずかしい！」

『それから歌も聞いてたわ。♪僕の大事な〜アナログ姫〜〜』

「恥ずかしい〜〜〜！」

『そして、いまの店長さんとのやりとりも』

「あ……、そう。見てたの。聞いてたの」

『嬉しかったわ。私を守ってくれて』

「そりゃ、まあ、当然……」

『カッコよかった』

「カッコいい？　僕が？」

『あんなに自信を持って行動したあなたを、初めて見た』

「な……なんか、きみを守らなきゃと必死になってたから…て、照れるなあ……」

『あなただってやればできるのよ。三流大学出で、モテなくて、覇気がなくて、ゆとりでも』

「ずいぶんな言われようだな」

『あら、みんなあなたが言ったのよ』

「……あ、そうだったね。あははは」

とその時、テレビの画面が乱れた。一瞬砂の嵐になって、顔が映り、また消えるということを繰り返す。

「ど、どうしたんだ？」

『（自分が入ってる箱の内側を見て）このテレビも、もう限界みたいね』

「限界？」

『あ、ここ、配線が切れかかってる』

「え？　ど、どこ？　ハンダごて持ってこようか？」

『いいのよ。そろそろ私の役目は終わったみたい』

「きみの役目？」

『もう大丈夫。あなたは自分が思ってるよりカッコいいわ、しっかりしてるわ。自信を持って！　きっと仕事もうまくいくし、恋人だって出来るから……』

またもや画面が乱れ、彼女の顔が、途切れ途切れになってくる。

「ま、待って！　消えないで。きみは、僕の大切な……」

『さっき店長さんが言ってたでしょ。私はあなたから見れば、ずーっと過去の人間。あなたは若いんだから、そのうち素敵な彼女が現れるわ。……さよなら。……元気でね』

「あ…、ちょっと待って……。アナログ姫！」

と、彼女は消えた。あとに映った砂の嵐も、一瞬ザーッという音がした途端、プツンと切れた。それ以後、テレビはスイッチを入れても、いっさい何も映らなくなり、完全に壊れてしまった。

＊

それから二、三日。バイトに出てきても、純平は上の空で……

「おい、ジュン！　ジュン！　純平！」

「(宙をみて、ため息)…………は～、マリコちゃん……」

「ったくもう。しっかりしろよ」

「でも店長、失恋の痛手が」

「失恋って言っても、元々、実際に会ってないんだから」

「そりゃそうですけど……」

「テレビが壊れたあとで魂を抜かれてたんじゃ、世話ねえな……（表の方に）あ？　はーい、いま行きます！　おい、店にお客さんだ。俺、ちょっと手が放せないから、お前行ってくれ」

「ふぁ～い……」

と純平はぼーっとしたまま、カウンターに立つ。

（客の顔を見ず、手元の伝票だけ見る）「いらっしゃいませ。……あ、この伝票…ネガの焼き増しの方ですね。ええ、出来てます。……ええと、どこだったかな……」

出来上がった写真を入れてある箱から、袋を取り出す。と、ぼーっとしていたせいか、手がすべって、袋を落としてしまった。

「ああっ！」

中の写真が、バラバラッと何枚かこぼれる。

「申しわけありません！　すぐに、拾って…」

と写真を集めながら、ふと見ると……、

「はっ……、こ、こ、これは……アナログ姫」

どの写真も、たしかにあのテレビの中に現れたアナログ姫が映っていた。

「(震えつつ)ど、ど、どういうことなんだ？　……アナログ姫が…、マリコちゃんが…ああ、こっちも、これもこれも、マリコちゃんの写真だ……！」

「どうして、母の名前をご存じなんですか？」

「え？」

そのお客さんを見て、純平は驚いた。そこには、写真とそっくりな顔が。

「(手元の写真と、客の顔を交互に何度も見比べ)こっちと、あっちと……、こっちと、あっちと……、こっち……あっち……あ、あ、あ、お、同じだ！」

「よくそう言われるんですよ。私は娘のマリエです」

にっこり笑ったそのエクボは、そっくりで……。

「あ。あ〜……お嬢さん……そうか。道理で…似てるわけだ」

「母は若い頃ちょっとテレビに出ていたから、年配の方は、たまぁにご存じですけど、あなたは若い。私と同じくらいですよね。どうして知ってるの？」

「ど、どうしてって、……元々は、粗大ゴミ置き場から…」

「は？」

「い、いいえ。いいんです、それは。……で、あの、アナログひ…、いえ、お母さんは？」

「先月亡くなりました。……それで、遺品を整理していたら、その頃の写真のネガが出てきたんで、プリントしておこうと思って」

「……あぁ、…そうだったんですか」

と相手の顔をまじまじと見て、純平はまたもや、ぽーっと一目惚れしてしまった。そりゃそうですね、親子なんですからそっくりな顔。テレビの中のマリコに一目惚れするんなら、そっくりな娘マリエに一目惚れするのは当然。

ぽーっとしたまま写真を渡し、ぽーっとしたまま会計を済ませ、ぽーっとしたまま店長の元へ。

「てんちょう〜……」

「なんだお前、魂も、声も抜かれちゃったのか。……え？　……なになに？　………へえ、あ、そうかい。あのお天気お姉さんの娘さんがねえ。そりゃビックリだ。あ、道理で、あのテレビを見た時、最近会ったような気がしたわけだ。俺、注文の時に見てたんだな……」

「彼女、まだ他にもネガがあるって言ってました。で、僕は、『当店はただいま思い出ネガ・焼き増しキャンペーン中で、半額です！』と言っときました」

「おいおい、ウチ、そんなキャンペーンやってないぞ」

「そう言えば、また来てくれるでしょ？　いいじゃないですか、僕のバイト代から引いといてください。で、また来てくれたら……僕は彼女にアタックします！」

「お前、ずいぶん積極的になったねえ」

「ええ。お天気お姉さんが、自信を持てって言ってましたから」

「そりゃあいいが、……たしか、彼女が早々に引退したのは、どこか大会社の御曹司と結婚したからだ。てことは、その娘はお嬢様だぞ。箱入りだぞ。お前みたいな、恋愛未経験な奴には、ちょっと荷が重いんじゃないか?」

「いいえ、大丈夫! 今度はうまくいきます」

「今度は?」

「ええ。だって、(手でテレビの形を作り)箱入り娘は、二度目ですから」

◎解説対談 十二　花緑×青銅

青銅「これも良かったですね。これ、花緑さんに合ってた」
花緑「これ長かった」
青銅「長かったですね」
花緑「ぼくの持ってる台本では一四頁、かなり長い」
青銅「一四頁は長いですね、四十分コースですね」
花緑「四十分コースだったと思います。ぼくは、家の間取りまで想像して台本に書いてありますもん」
青銅「ああー」
花緑「この部屋の。この男の子のね、テレビがあって……」
青銅「噺家さんは、こういう作業をやるンだ……」
花緑「これはちょっと、そうしないと上下（かみしも）が、自分でふれないだろうと思って……、ベッドからこうやってテレビを観て……、何か、そういうふうにしてましたね」
青銅「へぇー。テレビの中の娘に恋をする噺ですよね。これ、何度か演りましたね。最初は、同時代落語の独演会の『世界は落語だ！ リターンズ』で、それから『フクモリ』というカフェからユーストリームで配信しました」
花緑「あっ、あそこで演ったんでした。『ラクゴなう！』ですね」
青銅「そうそうそう、演りました。師匠には合ってるなと思いました。で、師匠も多分お好きなんだろうなと、観てて感じました」

花緑「そうですね。何か、長いンですけど、おぼえ易い」
青銅「そうですね、スジとしてね。長くておぼえ難いものもありますが、これは書いていて分かるンですよ。長いけど、ストーリーが順につながっていくから、おぼえられるだろうなってのがありました」
花緑「でも、この書き込みが尋常じゃないですけど、ぼくの、ここの四ページ目」
青銅「ああ、凄い、凄い、凄い」
花緑「これは、何か、写実の所で足したンだと思います、言葉がどうしても。仕草と一緒に演るのに必要だったと思いますね。最初にテレビが、パンってついたところかなぁ〜?」
青銅「あ、そうそう。そういうところが、『ああ、入れ事が加わってるなぁ』と思いながら聴いてました」
花緑「だから、足すのって、妙に面白を入れたくって足す場合と、後は演るのになるべく嘘が少ないリアリティを演りたいときに、足す場合がありますね」
青銅「これなんか、そうですね、そういうところが必要ですもンね?」
花緑「ちょっと、一人芝居っぽくなっていくンですね。その、純平君が一人でテレビつけたりとか、仕草が入って来るので」
青銅「はい」
花緑「一人芝居っぽくなるんですね。落語って二人居て会話になるじゃないですか? 一人だと、一人芝居っぽくなるンですよね。だから、より仕草と連動した言葉もリアルにしたいと思って書き足したのをおぼえてますね」
青銅「そこは、観てて良かったですよ。ほんとに一人芝居を観ているような気分になって……」
花緑「何かリアリティが伝わればいいなぁと思って」

青銅「これ、『フクモリ』で演ったときに、ぼくはイラストレーターのエドツワキさんを存じ上げなかったですけど、その方が終わってぼくのところに来て、『良かったです』って言ってくださって、ぼくは誰だか分からなくて、『ああ、そうですか』とか言って、そしたら、ぼくは昔『夜のドラマハウス』っていうラジオドラマをずっと書いてて、エドツワキさんはそれをずっと聴いてたンですって。それで、『夜のドラマハウス』っていうのは、必ず『今日の脚本は、誰々』って名前を言うンです」

花緑「へぇー」

青銅「まぁ、ドラマですからね。『今日の脚本は藤井青銅』って言うのを聴いてて、その記憶があった。それで予備知識なしで落語会に観に来て、『これは自分の好きな世界だ』って思ったンですって」

花緑「アッハッハ」

青銅「『あっ、何か、おれ、こういう噺の世界好きだ』って、ずぅーっと思っていて、『何でおれ、この噺、好きなんだろう？』って思ってた。終わったあと、ぼく、出て来たじゃないですか？　作者として、花緑さんとトーク演って。で、『藤井青銅です』って言ったら、『わぁー！』って凄くつながったンですって（笑）」

花緑「藤井青銅が好きだったンです（笑）」

青銅「料理でいうと、例えばシェフがお店かわって、違うレストランで食事を出しても、シェフが分かっちゃうみたいな。『あ、そういうことか』って、凄くぼくは嬉しかった」

花緑「シェフがバレましたね（笑）」

青銅「シェフはバレた。で、それを言ってくださって」

花緑「凄いな、エドツワキさん……」

青銅「それ、凄いですよね?」
花緑「はい」
青銅「ぼくは凄い嬉しいし、ツワキさんも凄いですよね?」
花緑「そうですね。へぇー、凄い噺ですね」
青銅「ぼくの中では、凄い勲章なんです、それは」
花緑「いやぁー、じゃぁ、もっとも藤井青銅節が感じられる……」
青銅「そういう噺なんでしょうね?　実際の藤井青銅節は、もっとくだらないのが多いンですけどね(笑)」
花緑「この本、先ずエドツワキさんに送りますよ(笑)」
青銅「言って下さったのを……、今でもおぼえてます」
花緑「ああ、そうですかぁ……」

『パラダイス・シアター』

（初演２０１２年12月31日「笑ってサヨナラ２０１２」ニッポン放送）

年末も押し詰まった大晦日の夜。日比谷の劇場街を、酔っ払いがふらふら歩いてまして……、

「う〜…、……酔っ払っちゃたよお。ひっく……、ああ、夜風が気持ちいいなあ……」

遅すぎる忘年会帰りなのか、それともたんに、家に居づらくて飲んだくれていたのか……、

「うィ〜……、来年こそは景気回復させてくれよ、アベちゃん！　デフレ脱却……ってやつだ。な、アベちゃん。頼んだよ。俺はお前のこと、よく知ってんだ。…お前は俺を知らないだろうけど……」

「旦那。……旦那」

「ん？」

「だんな！」

「なんだ？」

「いや、かけあいやってるんじゃないんですよ」

「誰だ、お前。なんの用だ？　あ、わかった。帰り車だから安くしときますよって……落語的には有名なあれか？（注・古典落語『替わり目』より）」

「なんの話だかわかりませんが……」

「……ま、いいよ。で、何の用だ？」

「ちょっとお芝居、見ていきませんか？」

「芝居？　ああ、呼び込みか」

「そうなんすよ。ここの劇場でやってるんです」

「劇場？……（看板を読む）パラダイス・シアター……？　こんなとこに劇場、あったか？」

「ええ。今日オープンしたんです」

「へえ、大晦日にオープンして、これから正月興行で稼ごうってんだな？　このォ、商売上手！」

「いいえ。明日にはもうないんです」

「なに？」

「大晦日の夜に、一回だけ公演を行う劇場なんです」

「なんだそれ？」

「出演メンバーが豪華なんですよ。ほら、看板、見て下さい」

「なんか書いてあるな。……（読む）中村勘三郎、森光子。……豪華だねえ」

「でしょ？　さらに共演者の幟が、ほら。淡島千景、山田五十鈴、小沢昭一……」

「おい、豪華すぎねえか、それ。……というか、なんかひっかかるな。なんだ？（口の中で繰り返し）勘三郎、森光子、小沢昭一…それ、みんな死んだ人じゃねえか!?」

「ええ。ここは、今年一年亡くなった方たちが集まって、大晦日の一晩だけ公演を行う劇場なんです」

「あ、それでパラダイス・シアター!?　……へえ、そんなものがあんのかい。ビックリして、酔いが醒めちゃったよ」

「応援してくださった方たちへの恩返しというわけで、毎年やっております」

「へえ。知らなかったねえ」

「毎年、楽屋で出演者たちも和気あいあいでして」

「あ、そうかい」

「もっとも、去年は立川談志が参加して、ビミョーにピリピリしてましたが」

「…そういうことも、あるよね」

「毎年豪華メンバーなんですが、今年は特に豪華ですよ。共演者は他に、二谷英明、大滝秀治、地井武男。女優陣では、男はつらいよのおばちゃん・三崎千恵子、そして津島恵子、馬淵晴子。笑いを取るのは小野ヤスシ、桜井センリ」

「豪華だねえ。……しかし、それだけ大物ばっかりだと、いろいろ出番の問題とかで大変じゃないのか？」

「そこはもう、スタッフがしっかりしてますから、大丈夫です」

「誰なの？」

「脚本が藤本義一、演出が新藤兼人」

「なるほど。スタッフも、今年亡くなった方なのか」

「オープニング曲は、派手に尾崎紀世彦。そこへ海外から、ホイットニー・ヒューストンもかけつけてくれます」

「国際的だな」

「さらに、お色気シーンで、シルビア・クリステルも」

「うわっ。座ってくれるの？　あの椅子に？　見たいねえ」

「でしょ？　どうぞ、見て行きませんか？」

「けど……、そんな超豪華メンバーだと入場料がバカ高いんじゃないの？」

「いえ、もう普通の映画の入場料と同じです。みなさん、お客さんに見ていただきたくてやってますので」

「そうか。じゃ、見よう」

＊

「お客様、どうでした？」

「いやぁ～、面白かったあ！　凄いね。芸達者ぞろいだね」

「でしょ？」

「久しぶりに見た円菊師匠の落語、よかったよ。いつも以上に体、斜めになってたもん。その途中で乱入したハマコーさん。あれも芸だね。で、安岡力也さんに連れだされるところも大受けだった。面白かったあ」

「楽しんでいただけたようで」

「お客も楽しんだけど、出てる人もみんな楽しそうだったよ」

「ええ。浮世ではできなかった夢の競演ですから、みんな楽しいんです」

「そうかあ。だけどさ、こんなの俺が心配することじゃないけど、あれだけのメンバーだろ。出演ギャラが、大変だったんじゃないの？」

「いえ、それが大丈夫なんですよ」

「どうして？」

「だって、みなさん、お足はいらない」

◎解説対談 十三　花緑×青銅

青銅「これは、『笑ってサヨナラ』で二年目から、もう定番になった『パラダイス・シアター』という噺です。この番組は、毎年一二月三〇日か三一日ぐらいにオンエアするので、その年に亡くなった方のことをちょっと入れ込んで、まぁ、当然失礼にならない様にこの年作ってみたら、まぁ、無くなった方の話ではあるけれど、あったかい感じになって、良かった。この年以降は、人物を変えて、毎年演っています」

花緑「いいのか、悪いのか分かりませんけど、毎年キッチリはまるンですね」

青銅「そうそう。でもまあ、基本その年亡くなった方のことを思い出しながらっていうのを演って、これも、割と評判いいですね。だから、ぼくは第二の『芝浜』だって（笑）」

花緑「（笑）こっちは尺が短いですけど……」

青銅「さっき師匠仰ってましたけど、ラジオだからって、これを毎年毎年演るのって、毎年名前変わるから、汎用性が悪いンですよね？」

花緑「そうですねえ、名前って憶え辛いンですよね。特に亡くなるくらいですから、ぼくの世代じゃない。年配の俳優さんだったり、演出家だったりとか、読んでても危うかった（笑）」

青銅「誰だか分からない？」

花緑「そうです、そうです（笑）。毎年驚くンですけど、俳優さん、かなりの数、亡くなっていますね」

青銅「もう、本当に大物が。毎年、残念だなぁと、思う方が亡くなっていますね……」

花緑「最初の年は勘三郎さん、森光子さん、小沢昭一さんとか」

青銅「多分、最初の年のショックがあったから作ったンだと思うンです。一年の終わりは、『そうだなぁ』って、思い出したいってのもあるじゃないですかね」
花緑「ご供養みたいな感じにもちょっとなりますよね」
青銅「これは僕の中では、不謹慎にはならないレベルにはなってるかなと思っています。あったかい感じで、自分たちを楽しませてくれた方々ですからね？」
花緑「そうです。もっとも、一年振り返るっていうラジオだから、特に振り返りたい」
青銅「そうそうそう」
花緑「振り返り方が、落語で昇華されている。……面白いですね、これは」
青銅「本を読む方は年末に読んでください（笑）」
花緑「ハッハッハッハ、年末に読む？　そう、年末に読んでね。それで、自分で当てはめてみてって」
青銅「そう、当てはめて」
花緑「空欄にしといて（笑）」
青銅「空欄！（爆笑）」
花緑「それもまた、どうかと思いますけど（笑）」

QRコードの使い方

■ 特典頁のQRコードを読み込むには、専用のアプリが必要です。機種によっては最初からインストールされているものもありますから、確認してみてください。

■ お手持ちのスマホにQRコード読み取りアプリがなければ、iPhone は「App Store」から、Android は「Google play」からインストールしてください。「QRコード」や「バーコード」などで検索すると多くの無料アプリが見つかります。アプリによってはQRコードの読み取りが上手くいかない場合がありますので、いくつか選んでインストールしてください。

■ アプリを起動すると、カメラの撮影モードになる機種が多いと思いますが、それ以外のアプリの場合、QR コードの読み込みといった名前のメニューがあると思いますので、そちらをタップしてください。

■ 次に、画面内に大きな四角の枠が表示されます。その枠内に収まるようにQR コードを映してください。上手に読み込むコツは、枠内に大きめに納めること、被写体との距離を調節してピントを合わせることです。

■ 読み取れない場合は、QRコードが四角い枠からはみ出さないように、かつ大きめに、ピントを合わせて映してください。それと、手ぶれも読み取りにくくなる原因ですので、なるべくスマホを動かさないようにしてください。

※ 携帯端末（携帯電話・スマートフォン・タブレット端末など）からの動画視聴には、パケット通信料が発生します。

「世界ラクゴ化計画」アップロード動画

着物を着て座布団に座るだけが落語じゃない！八っつあん熊さん、ご隠居さんだけが落語じゃない！落語界のプリンスにして革命児・柳家花緑が、落語食わず嫌いのあなたに送る、現代感覚のラクゴ番組。

「世界におこるすべてのことは落語にできる！」とココロザシは高く、腰は低くの生放送。「こんな落語があったのか！」と驚くことうけあいです。

柳家花緑『AC』前半

竹書房デジタル事業部配信

柳家花緑『なでしこ』前編

竹書房デジタル事業部配信

柳家花緑『ケータイ八景』前編

竹書房デジタル事業部配信

「柳家花緑のラクゴなう!」アップロード動画

落語界のプリンスにして革命児・柳家花緑が、落語食わず嫌いのあなたに送る、現代感覚のラクゴ番組。「こんな落語があったのか！」と驚くことうけあいです。ま、ちょっと見てみてね。

第一回「柳家花緑のラクゴなう!」

2012年3月29日Ust配信　配信協力：青山アイズカフェ
制作：ミーアンドハーコーポレーション
音楽・録画：加藤威史（竹書房）　配信：小倉真一

『大女優』『受賞の弁』

第二回「柳家花緑のラクゴなう!」

2012年4月25日Ust配信　配信協力：アノニマ・スタジオ
制作：ミーアンドハーコーポレーション
音楽・録画：加藤威史（竹書房）　配信：小倉真一

『としては』

第三回「柳家花緑のラクゴなう!」

2012年5月28日Ust配信　配信協力：馬喰町フクモリ
制作：ミーアンドハーコーポレーション
音楽・録画：加藤威史（竹書房）　配信：小倉真一

『アナログ姫（上）』『アナログ姫（下）』

第四回「柳家花緑のラクゴなう!」

2012年6月26日Ust配信　配信協力：六本木AXISシンフォニカ
制作：ミーアンドハーコーポレーション
音楽・録画：加藤威史(竹書房)　配信：小倉真一

『外為裁き』『謝罪指南』

第五回「柳家花緑のラクゴなう!」

2012年7月26日Ust配信　配信協力：オランダ王国大使館
制作：ミーアンドハーコーポレーション
音楽・録画：加藤威史(竹書房)　配信：小倉真一

『満喫ウォンテッド』

本書読者のための特別配信コンテンツ

第六回「柳家花緑のラクゴなう!」

2012年8月23日Ust配信　配信協力：D&デパートメント東京店
制作：ミーアンドハーコーポレーション
音楽・録画：加藤威史(竹書房)　配信：小倉真一

『芝鳥』　パスワード20120823

あとがき

この本をお読みになった今、あなたにはわかるだろう。

「あ、落語って、気楽に楽しめばいいんだ」

と。

どうも落語は、「ナマで見なければ駄目だ」「寄席に通わなければ駄目だ」「年に何十回も独演会に通ってこそ、語る資格がある」「先代の＊＊を見てなきゃ」……などと言われがちだ。

それはそれで素晴らしいことだと思うが、別にそうじゃなくてもいいのだ。

ＣＤで聴いてもいいし、テレビ・ラジオで聴いたり、本で読んだっていい。もちろん、ナマで見てもいいが。

業の肯定でもいいし、イリュージョンでもいい。緊張と緩和でもいい。ただバカバカしいだけでもいい。

ついでに言うと、古典落語、新作落語、創作落語、そしてこの同時代落語……と色々呼び名はあるが、それだって、別にどれでもいいのだ（まえがきで堂々と宣言しておきながら、今更なんだが……）。

そういう「自由さ」こそが、落語という芸が持つ最大の魅力じゃないかと思っている。

書き手の側から言うと、普通、物語とは「主人公の成長がなくてはいけない」と言われる。「葛藤が必要だ」「ステレオタイプの人物は駄目だ」「各登場人物の履歴書ができていなければいけない」とも言われる。が、落語は、そういう西洋演劇的約束事からも「自由」なのだ。だって、ストーリーが一歩も前に進まないまま噺が終わる場合もある。同じ人物がいろんな噺に出てくるし、しかも設定に統一性がない。さらに、名前すらない場合だってあるんだから。

ここに収められたものを古典落語に詳しい方が読めば、「ははァ、これはあの落語の型を使ってるな」とか「このフレーズはあの落語から持ってきてるな」と思う部分もあるはずだ。もちろん、わかっててやっている。オマージュと呼んでもいいと思うし、リスペクトと呼んでもいい。パロディでも、パスティーシュでも、パクリ……なのかもしれんが、まあ、それは呼び方しだいだ。

知っている方はニヤニヤすればいいし、知らない方はそこから古典落語の広くて深い世界へ入っていくと、楽しいと思う。

新しく作られた落語は多くの場合、作者と演者が一緒だ。どうしてもその落語家のイメージとくっついてしまい、他の落語家さんが演じにくい。が、これは作家による原脚本だから、演出と演者が変われば、違う色合いの落語になるはずだ。興味を持った落語家の方は、他の落語同様、花緑師匠に教わりにいけばいい。

そうやって拡散し、色んな落語家が工夫をし、変化し、洗練されて伝わっていくものが、のちに古典落語と呼ばれるわけだから。


高校生の時、落語にはまり、学校の図書館で落語全集を順に借りてきては、そのあらすじとオチの種類ををレポート用紙に書き写していた。いま考えると、なんとアホなことをやっていたのか……と思う。

そのアホな高校生に、

「おい。お前、大人になったら、プロの落語家さんに落語を書くぞ」

と教えてやりたい。

きっと、

「嘘つけ！」

と言うだろうが。

二〇一六年　四月
藤井青銅

柳家花緑の同時代ラクゴ集
ちょいと社会派

2016年4月28日　初版第一刷発行

著者／藤井青銅
脚色・実演／柳家花緑

カバー・表紙　イラスト／ヨシタケシンスケ
デザイン／ニシヤマ ツヨシ

取材協力／ゴーラック合同会社
QR コード／小倉真一
協力／
ニッポン放送
ぴあ
ミーアンド ハー コーポレーション
ニコニコ動画配信番組「世界ラクゴ化計画」
ユーストリーム配信番組「ラクゴなう！」
D＆デパートメント東京店

編集人／加藤威史

発行人／後藤明信
発行所／株式会社 竹書房
〒102-0072 東京都千代田区飯田橋2-7-3
03-3264-1576（代表）03-3234-6224（編集）
URL http://www.takeshobo.co.jp
印刷所／凸版印刷株式会社

※本作特典のQRコードによる音声配信は、2017年10月末日で配信終了を予定しております、予めご了承下さい。
ISBN978-4-8019-0699-0 C0076
Printed in JAPAN